Solicite nosso catálogo completo, com mais de 350 títulos, onde você encontra as melhores opções do bom livro espírita: literatura infantojuvenil, contos, obras biográficas e de autoajuda, mensagens espirituais, romances palpitantes, estudos doutrinários, obras básicas de Allan Kardec, e mais os esclarecedores cursos e estudos para aplicação no centro espírita – iniciação, mediunidade, reuniões mediúnicas, oratória, desobsessão, fluidos e passes.

E caso não encontre os nossos livros na livraria de sua preferência, solicite o endereço de nosso distribuidor mais próximo de você.

Edição e distribuição

EDITORA EME
Caixa Postal 1820 – CEP 13360-000 – Capivari – SP
Telefones: (19) 3491-7000 | 3491-5449
Vivo (19) 99983-2575 ☎ | Claro (19) 99317-2800
vendas@editoraeme.com.br – www.editoraeme.com.br

Jamiro dos Santos Filho

Felizes para Sempre

Capivari-SP
— 2018 —

© 2006 Jamiro dos Santos Filho

Os direitos autorais desta obra são de exclusividade do autor.

A Editora EME mantém o Centro Espírita "Mensagem de Esperança" e patrocina, junto com outras empresas, a Central de Educação e Atendimento da Criança (Casa da Criança), em Capivari-SP.

6ª reimpressão – janeiro/2018 – de 10.001 a 10.400 exemplares

CAPA | Nori Figueiredo
ILUSTRAÇÕES INTERNAS | Gabriel Figueiredo
DIAGRAMAÇÃO | Editora EME
REVISÃO | Rubens Toledo | Lídia Bonilha Curi

Contato com o autor
jamirofilho@yahoo.com.br

Ficha catalográfica

Filho, Jamiro dos Santos,
     Felizes para sempre / Jamiro dos Santos Filho. – 6ª reimp.
jan. 2018 – Capivari, SP: Editora EME.
     160 p.

     1ª edição : jun. 2006
     ISBN 978-85-7353-353-8

1. Relacionamento de casais. 2. Comportamento familiar e vida a dois.

CDD 133.9

Dedicado aos meus irmãos:
Joaquim, Zuleika, Ana Paula e Adelaide.
Eu os amo de verdade.

O autor

Livros do autor:

Jamiro dos Santos Filho publicou os seguintes títulos.

Pela Editora EME:

Naquela Sexta-Feira (ilustrado)
Histórias de minha Infância (ilustrado)
Vida a Dois (ilustrado)
Felizes para Sempre (ilustrado)

Pela Editora Panorama:

Os últimos seis dias de Jesus

Endereço eletrônico para correspondência com o autor, e-mail: *jamirofilho@yahoo.com.br*

Sumário

Prefácio - Rubens Toledo 9

Apresentação - Orson Peter Carrara 13

Capítulo I – Alma gêmea 16
Capítulo II – Crise financeira 32
Capítulo III – Filhos 44
Capítulo IV – Gordinha, eu? 54
Capítulo V – Intimidade 64
Capítulo VI – Parentes 74
Capítulo VII – Perdoar? Nunca! 86
Capítulo VIII – Quem manda aqui? 100
Capítulo IX – Religião 112
Capítulo X – Vícios 124

Palavras finais..137

Reflexões/Relacionamentos................................145

A arte de não adoecer.......................................147
Dez dicas para elevar sua auto-estima....................151
A força do amor..157

Prefácio

Em busca do porto seguro
Rubens Toledo (*)

Há uma história, recolhida entre as muitas tradições da literatura universal, que pode muito bem introduzir o amigo leitor nessa viagem reflexiva que propõe o confrade amigo de Araguari-MG, Jamiro dos Santos Filho.

Contam que um príncipe reuniu seu povo e, meditativo, comunicou-lhes a decisão de partir da aldeia. "Estarei em busca daquela com quem partilharei todos os anos de minha vida!", disse ele. Iria percorrer outras terras, a fim de encontrar a companheira ideal, que lhe preenchesse os vazios da alma sonhadora!

Decorridos cerca de vinte anos, eis que retorna o príncipe à sua aldeia, sozinho e um tanto desolado.

— Alteza, vemos que não estás acompanhado. Onde a princesa por quem tanto buscavas? – indagou um dos súditos.

— Meu caro amigo. Encontrei, sim, aquela que seria a esposa perfeita para mim...

— E então? – redargüiu o servo, intrigado.

— O problema, amigo, é que ela também estava em busca do esposo perfeito...

Grande verdade, não? Pois bem, estas cento e poucas páginas são para desvendar esse grande enigma – o da felicidade –, que os homens teimam em buscar fora de si mesmos. Aqui, o nosso autor, assessorado por uma bibliografia admirável – *Sinal Verde, Estude e Viva, Vida e Sexo,* entre outras boas obras espíritas –, faz uma análise psicológica dos cônjuges diante de uma eventual crise financeira, diante de filhos-problema, diante do esposo tirano e autoritário ou da esposa intransigente...

E o escritor não se limita ao reduto conjugal. Mergulha o bisturi, como verdadeiro terapeuta de casais, nas questões delicadas da parentela difícil, das rixas familiares, chegando às causas profundas, que não raro remontam a vidas passadas.

Jamiro expõe também as chagas de muitos casais. Unidos, na aparência, embora coabitem o mesmo teto, têm entre si uma ponte de orgulho quase intransponível. Um verdadeiro muro de Berlim, que só poderá ser demolido à custa de muito amor e do perdão sublime.

Este livro pode não ser o primeiro a tocar nas

feridas profundas da vida a dois. Mas tem o mérito de trazer o texto espírita às diferentes faixas de público, com uma linguagem fácil e acessível, inserindo em cada capítulo as mais judiciosas e oportunas lições que a vasta literatura espírita pode oferecer, que não deixou de fora a interessante classificação de casamentos sugerida por Martins Peralva.

Sem dúvida, estamos abrindo o baú de um pequeno tesouro, de onde o leitor poderá extrair pérolas valiosas para a conquista da paz e felicidade no lar. À parte os lúcidos ensinamentos de Emmanuel, André Luiz e Thereza de Brito, temos ainda os pensamentos recolhidos noutras fontes de pesquisa, até mesmo na cultura oriental, muito oportunos e de inquestionável valor.

Portanto, à leitura! À viagem, como dissemos, em busca do nosso porto seguro.

Campinas-SP, 2006.

(*) Jornalista, ex-presidente da USE - Regional Campinas (2003/2006), revisor e preparador de originais da Editora EME, compositor espírita, cantor e apresentador do programa *A Vida Continua* pela TV Fênix.

Apresentação

Pérola conjugal

Orson Peter Carrara (*)

A Editora EME apresenta lançamento bem oportuno para os dias atuais. Trata-se de obra que vem direto a uma das principais origens da desarmonia que impera nos relacionamentos humanos.

Trata-se do livro *Felizes para Sempre!*, autoria do nosso amigo Jamiro dos Santos Filho. Digo que a obra vem direto a uma das principais origens da desarmonia nos relacionamentos porque quando há harmonia conjugal tudo fica muito mais fácil na condução do lar, na educação dos filhos e, por conseqüência direta, na formação de uma sociedade mais equilibrada. Afinal, os cidadãos têm sua origem no lar, na família. Quando esta é equilibrada fornecerá cidadãos equilibrados para o mundo.

A sensibilidade do autor soube reunir numa obra de poucas páginas toda a questão do relacionamento conjugal. Abordando de início o tema *Alma Gêmea*, para bem a propósito introduzir o assunto, o autor traz os capítulos *Crise Financeira, Filhos, Intimidade, Religião, Parentes*, entre outros assuntos que deixo ao leitor descobrir.

Como se pode perceber pelos temas que selecionei, a abordagem vai direto aos principais desafios da vida a dois. Desde a paixão cega, desenfreada, até à indiferença e mesmo o desrespeito que muitas vezes impera dentro de casa. Mas não fica na superficialidade. Passeando, com profundidade, na questão financeira, nos desafios com os filhos, nos conflitos com parentes, e mesmo na intimidade entre os casais, o autor foi muito feliz em sua abordagem.

Com referências impecáveis, absolutamente embasadas na Codificação Espírita, e utilizando-se das preciosas obras *Vereda Familiar* (Thereza de Brito/Raul Teixeira, pela FRATER), *A Vida em Família* (Rodolfo Caligaris, pelo IDE) e outras igualmente indispensáveis ditadas pelos Espíritos André Luiz e Emmanuel, através de Chico Xavier, como *Sinal Verde, Roteiro, Estude e Viva, Vida e Sexo, O Consolador*, entre outras, o escritor fornece ao leitor uma valiosa coleção para estudo do tema. O autor, inclusive, desenvolve palestras e seminários para casais, utilizando-se dessas fontes de pesquisa.

Melhor que meu pequeno comentário, é deixar que o leitor descubra por si mesmo o tesouro de informações contido na pequena obra.

O que ocorre realmente é que a experiência conjugal, aliada à convivência com os filhos, constitui uma das mais extraordinárias oportunidades de aprendizado e evolução. Desperdiçá-la com os prejuízos decorrentes do egoísmo, da vaidade, da prepotência, da indiferença, das tentativas de domínio de um sobre o outro, ou mesmo dos conflitos de relacionamento dentro e fora do lar, com outros familiares, constitui perda mesmo de inúmeras chances de viver a felicidade em plenitude.

Eis que a família é tesouro inestimável. Cônjuge é companheiro ou companheira de caminhada, irmão ou irmã de aprendizado. Breve análise nos dirá que aquele ou aquela com quem dividimos o leito constitui, no fundo, o apoio que nos sustenta a vida. Aprendamos a valorizar, a amar, a compreender e a respeitar o cônjuge.

Eis, pois, a proposta do livro.

E não posso deixar de registrar: o prefácio de Rubens Toledo é muito bom. Em poucas palavras, e com grande capacidade de síntese, jornalista Rubens sintetizou o conteúdo do livro.

Um livro para todos nós, solteiros, namorados, noivos ou casados. Afinal sempre é tempo de aprender. E se você conhece algum casal em crise, não perca a chance de presenteá-lo com esta notável obra.

Catanduva-SP, 2006.

(*) Articulista em jornais e revistas espíritas do Brasil, autor do livro *Causa e Casa Espíritas* publicado pelo Clarim, palestrante e seminarista com atividades em todo o Estado de São Paulo.

CAPÍTULO I

Alma Gêmea

As almas que devem unir-se estão predestinadas
a essa união desde sua origem? Cada um de nós
tem, em alguma parte no Universo, a sua metade,
à qual um dia fatalmente se unirá?

— *Não, não existe união particular e fatal entre duas almas.*
A união existe entre todos os Espíritos, mas em graus diferentes
segundo a classe que ocupam, isto é, segundo a perfeição que
tenham adquirido: quanto mais perfeitos, mais unidos.
Da discórdia nascem todos os males dos homens;
da concórdia resulta a felicidade completa.
(Questão 298 de O Livro dos Espíritos –
Allan Kardec – Editora EME)

Alma gêmea

Enfeite seu lar com os recursos da gentileza e do bom humor. Sempre necessário compreender que a comunhão afetiva no lar deve recomeçar, todos os dias, a fim de consolidar-se em clima de harmonia e segurança.
Sinal Verde - *André Luiz (Chico Xavier)*

Todo mundo conhece aquela história do casal que um é totalmente diferente do outro. No entanto, para surpresa de todos, são muito felizes.

Toda a expectativa de fracasso sugerida pelas desigualdades foi frustrada. Por quê? Qual é o segredo deles? Onde encontraram a receita capaz de fazer pessoas tão distintas viverem um clima de romance quase constante, sem perder o jeito próprio de ser?

Para obter êxito, com certeza, o caminho não

será único e exclusivamente o encontro de opostos. Isso até pode ser exceção, jamais regra.

Afinal, não existe um mapa seguro por onde se pode seguir e alcançar o paraíso conjugal. Há, sim, conceitos e conselhos com melhor aceitação pela maior parte dos casais que navegam em águas não tão tumultuadas.

Então, que regras serão essas? Tentaremos sugerir algumas dicas. Evidentemente, não é nossa intenção ditar palavras finais sobre qualquer ponto, mesmo porque não há limites para o conhecimento humano, e o que hoje se nos apresenta de forma correta, amanhã, talvez, não nos pareça assim.

Para começar, no desejo de despertar desde já o clima de interesse e participação em todos, perguntamos: você acredita em almas gêmeas? Será possível tenha o Pai criado dois seres para que em certo momento do caminho se encontrem e sejam felizes pela eternidade? É difícil aceitar, não é mesmo?

Se assim fosse, seria natural a pergunta: por que Deus não as colocou juntas desde o princípio de suas vidas a fim de que pudessem, já no início, gozar a felicidade? Assim evitaria tantos enganos, fracassos, sofrimentos e desencontros, não é mesmo? Por que se perderem por milênios sem conta até o encontro tão esperado? E, ao se encontrarem, estarão preparadas suficientemente para jamais se separarem?

Felizes para sempre 21

Por tudo isso, o bom-senso diz que Deus não fez assim.

Em *O Livro dos Espíritos*, Allan Kardec faz a seguinte pergunta na questão 298.

As almas que se devem unir estão predestinadas a essa união, desde a sua origem? E ainda: Cada um de nós tem, em alguma parte do Universo, a sua metade, à qual um dia se unirá fatalmente?

E os Espíritos respondem:

Não. Não existe união particular e fatal entre duas almas. A união existe entre todos os Espíritos, mas em graus diferentes, segundo a ordem que ocupam, a perfeição que adquiriram: quanto mais perfeitos, tanto mais unidos. Da discórdia nascem todos os males humanos; da concórdia resulta a felicidade completa.

Portanto é mais sensato aceitar a opinião daqueles Espíritos sábios que ditaram a Terceira Revelação.

É mais correto afirmar que "almas gêmeas" são dois seres que, em certo momento, andando pelos caminhos de suas vidas, um dia se encontram em uma das infinitas encarnações, e pelas afinidades de gostos, ideais, sonhos e maturidade espiritual, assimilam-se mutuamente e repartem seus nobres sentimentos com expressões de ternura, paz e cumplicidade.

Aí, sim, com cumplicidade de sentimentos, com afinidades espirituais, com tendências idênticas e ideais iguais, se "completam" e se harmonizam. Então, já aparadas as arestas do orgulho, do egoísmo e dos defeitos morais, trazendo em seus corações as virtudes que facilitam uma convivência sadia, sem mesclas de ciúmes e atitudes comprometidas, vivem em harmoniosa paz, sem os contratempos que a grande maioria ainda padece.

Mas, neste mundo tão conturbado, será possível encontrar dois seres que navegam juntos em águas plácidas, usufruindo um do outro? Casais que se identificam e gostam de viver, juntos, os prazeres e mesmo os problemas que a vida oferece?

Em meio a tantos desgostos, insegurança, depressão, vícios, desencontros de geração, ainda será possível encontrar cônjuges que poderiam ser qualificados de "almas gêmeas"?

Afinal, onde estão esses casais felizes? Onde encontrá-los, a fim de perguntar-lhes o segredo de tal ventura? Viverão apenas no "paraíso" bíblico, distante e inacessível a tantos que "empurram" o seu dia-a-dia na esperança de que o amanhã lhes traga o presente de viver em paz com seu cônjuge?

É evidente que as respostas e a conseqüente conquista da harmonia conjugal estão com cada um e com ambos ao mesmo tempo. Não existe remédio nas drogarias que cure o mal da convivência infeliz, como também não há vacina para tamanha epidemia.

Porém o "segredo" da felicidade pode estar muito mais perto do que se imagina. É preciso buscar harmonia entre os dois; caso contrário, a união conjugal poderá ir à falência.

Na pergunta 301 de *O Livro dos Espíritos*, Allan Kardec questiona se dois espíritos simpáticos são complemento um do outro, ou se essa simpatia é o resultado de uma afinidade perfeita. Eis a resposta:

A simpatia que atrai um espírito para o outro é o resultado da perfeita concordância de suas tendências, de seus instintos; se um devesse completar o outro, perderia a sua individualidade.

Como se vê, ninguém é metade do outro. No entanto, para se viver uma felicidade conjugal, é necessário um encontro de sentimentos idênticos, sem o qual os desencontros acontecerão, inevitavelmente.

Por isso, observando com mais atenção, constata-se que grande parte dos casais convive com problemas muito perto do que chamam de insolúveis. Com diferenças enormes em gosto e caráter, vão se suportando sob o grande peso das conveniências, deixando-se conduzir como um barco num rio sem porto.

Sem se importarem em diminuir as próprias diferenças e preocupando-se cada qual apenas consigo mesmo, quando acordam, o barco está à deriva, quase sem chances de salvação.

Se num casal, que se ama verdadeiramente, os cônjuges não se cuidam naquilo que desgosta o parceiro, acabam vivendo como se algo lhes faltasse para a completa felicidade. Aparentemente, deixam a impressão de que estão enfeitiçados, tal qual naquele filme *O Feitiço de Áquila*.

Nesse filme, dois jovens estão sob um "feitiço", que os deixa em situação inusitada, pois à noite, enquanto ele é lobo, ela permanece como mulher. Porém, ao nascer do dia, ele volta à condição de homem, mas ela se vê como águia.

Assim, muitos casais vivem situações idênticas. Jamais se "encontram", ou nem mesmo se esforçam para isso.

Portanto é comum constatar-se que os casais, em sua grande maioria, estão desencontrados em gosto, costumes e rumos. Mas, pior ainda é notar a indiferença que fazem do necessário respeito e continuada busca da paz conjugal começando de si mesmos.

O autor espiritual André Luiz, no livro *Sinal Verde*, através de Chico Xavier, alerta:

É sempre possível achar a porta do entendimento mútuo, quando nos dispomos a ceder, de nós mesmos, em pequeninas demonstrações de renúncia nos próprios pontos de vista.

Enfeite seu lar com os recursos da gentileza e do bom humor. Sempre necessário compreender que a comunhão afetiva no lar deve recomeçar, todos os dias, a fim de consolidar-se em clima de harmonia e segurança.

Portanto o casal que se descuida, pagará caro seu desleixo.

Felizmente, embora os ideais e sentimentos desencontrados, muitos ainda se respeitam, e assim vai a vida seguindo seu curso normal.

No entanto, quando o gosto de um se transforma em mau gosto para o outro, e seus costumeiros hábitos se tornam motivo de críticas, significa que o sinal amarelo foi acionado e é preciso atenção.

Viver uma relação difícil, em que ambos vão suportando os dias heroicamente, é algo penoso e desgastante. Em tal situação é mesmo quase impossível acreditar que seu cônjuge possa ser sua "alma gêmea".

É o mesmo que exigir de um infeliz náufrago em alto-mar que demonstre otimismo e esperança naquela situação. O comum nesse caso é o grito de desespero, porém, sem eco, e um sentimento de abandono, não é?

Mas, por que muitos casais vivem tão mal? Uma das respostas encontra-se no tipo de união desses casais.

No livro *Estudando a Mediunidade*, o autor Martins Peralva destaca que há cinco tipos principais de casamentos: acidentais, provacionais, sacrificiais, afins e transcendentais.

Num rápido resumo dessas definições, podemos dizer que os casamentos acidentais são aqueles não programados pelos Espíritos Superiores. Portanto, podem dar certo ou não.

Os provacionais impõem reencontro para reajustes necessários e exigirão muito esforço dos cônjuges, até o fim.

Os sacrificiais caracterizam os casais onde um dos cônjuges é espírito mais evoluído que o seu parceiro. Neste caso, o mais preparado estará sacrificando-se pelo bem do outro.

Nos casamentos afins, temos o reencontro de almas afinadas e a conseqüente harmonia conjugal.

Finalmente, nos casamentos transcendentais, de acordo com Martins Peralva, tem-se o reencontro de almas engrandecidas no Bem.

****

Portanto, conforme esclarece a Doutrina Espírita, "almas gêmeas" é a expressão poética para definir aqueles espíritos que se conhecem, talvez de várias encarnações passadas, que, pelos seus sentimentos de carinho, amor e respeito, reencontram-se agora harmonizados nos ideais, sonhos, gostos e caráter, sentem prazer por estarem juntas. São almas com muita afinidade, que se realizam e se "completam" por muito se amarem.

E para esclarecer, na pergunta 386 de *O Livro dos Espíritos*, Kardec indaga mais uma vez se dois seres, que se conheceram e se amaram, podem encontrar-se noutra existência corpórea e se reconhecerem.

A resposta dos luminares Espíritos:

Reconhecerem-se, não; mas serem atraídos um pelo outro, sim; e freqüentemente, as ligações íntimas, fundadas numa afeição sincera não provêm de outra causa. Dois seres se aproximam um do outro por circunstâncias aparentemente fortuitas, mas que são o resultado da atração de dois espíritos que se buscam através da multidão.

Assim, quando se ouve dizer que uma pessoa encontrou alguém e se apaixonou no mesmo instante, não é exato dizer que foi "amor à primeira vista", pois pode estar aí um reencontro de almas afins.

Dessa forma, não foi "à primeira vista", e sim "à segunda, ou terceira vista", porque é bem provável que já se "conheçam" há algum tempo, talvez de algumas encarnações.

Porém, seja de que tipo for, é possível fazer do casamento provacional, por exemplo, uma união de relativa paz, desde que ambos busquem harmonizar-se, dedicando seus dias ao bem do outro, respeitando-o e tudo fazendo para sua felicidade.

Através de Chico Xavier, o autor espiritual

Emmanuel, no livro *Na Era do Espírito*, lembra:

"Não te esqueças de que se casar é tarefa para todos os dias, porquanto somente da comunhão espiritual gradativa e profunda é que surgirá a integração dos cônjuges na vida permutada, de coração para coração, na qual o casamento se lança sempre para o Mais Alto, em plenitude de amor eterno."

Portanto, quando se olha atentamente em volta, é possível encontrar uniões relativamente felizes. Talvez estejam ali antigos desafetos, mas que buscaram perseverantes a harmonia conjugal na renúncia e dedicação de todo dia.

A afinidade espiritual pode ser observada também entre parentes, irmãos ou amigos. São espíritos que colhem os frutos de um sentimento sincero do passado. Há amigos com afinidades belíssimas, e não se pode negar estar ali um reencontro de almas que se amam.

No entanto existem pessoas que causam um mal-estar em outras, e, por isso, é quase impossível uma convivência sadia e harmoniosa. São os inimigos que se reencontram e colhem os amargos frutos de agressão do passado, e permanecerão juntos até que se harmonizem, tornando-se então espíritos amigos. Uns são bons, enquanto outros só causam desgosto.

Então, se há afinidades perceptíveis até mesmo

entre os mais comuns dos mortais, isso significa que é possível existir uma intensa, harmoniosa e quase perfeita afinidade entre duas almas que se amam. É aí, nesse momento de reencontros de afinidades, que se diz que eles são "almas gêmeas".

Mas, se não se encontram "almas gêmeas" por aí em toda esquina, pelo menos existe a possibilidade de sua existência. E essa conclusão será motivo de esperança, pois o amanhã poderá trazer frutos saborosos, desde que plantem hoje, com seus cônjuges, o sentimento bonito de respeito, carinho, admiração e todas as virtudes que enfeitam as pessoas que amam.

A finalidade dessa singela obra é alertar os casais mais desatentos quanto aos perigos que rondam os lares.

Todos estão sujeitos a tropeçar nessa ou naquela situação e comprometer uma convivência mais tranqüila.

Tem também a intenção de demonstrar, ao casal que não se considera um par de "almas gêmeas", que certos detalhes poderão colaborar para se transformarem em tal. Quer alertar também àqueles casais que já atingiram um grau de afinidade maior, que, caso venham a desdenhar certos fatores da convivência a dois, poderão comprometer a união.

Um fato que os terapeutas conjugais sempre destacam é que um grande casamento não acontece com a união de um "casal perfeito". Dizem ser o êxito possível quando um casal imperfeito – que, aliás, ainda são todos os encarnados – aprende a contornar as situações delicadas e até se deliciar com as suas inevitáveis diferenças, porém aprendendo um com o outro.

Portanto, cuidar dos pormenores e tratar com ternura das situações mais delicadas, é atitude coerente para uma convivência fraterna no lar. E assim, certamente, estarão plantando sementes de seus futuros encontros que serão reencontros de almas afins, que viverão a plenitude do amor aqui na Terra.

Finalizando, transcrevemos um dos mais belos poemas que conhecemos, uma verdadeira expressão de amor, nascido do coração de um "anjo" que esteve na Terra. É o canto de Lívia, então esposa do senador romano Públio Lêntulus, que se encontra no livro *Há 2.000 Anos*, ditado por Emmanuel ao médium Chico Xavier:

Felizes para sempre

Alma gêmea de minhalma,
Flor de luz da minha vida,
Sublime estrela caída
Das belezas da amplidão!...
Quando eu errava no mundo,
Triste e só, no meu caminho,
Chegaste, devagarinho,
E encheste-me o coração.

Vinhas nas bênçãos dos deuses,
Na divina claridade,
Tecer-me a felicidade
Em sorrisos de esplendor!...
És meu tesouro infinito,
Juro-te eterna aliança,
Porque sou tua esperança,
Como és todo o meu amor!

Alma gêmea de minhalma,
Se eu te perder, algum dia,
Serei a escura agonia
Da saudade nos seus véus...
Se um dia me abandonares,
Luz terna dos meus amores
Hei de esperar-te, entre as flores
Da claridade dos céus...

CAPÍTULO II

Crise financeira

Quem receia saltar abismos, dificilmente
logrará atingir as metas, na viagem a que se propõe.
Quem se detém a examinar as dificuldades que deve vencer,
ao galgar a montanha, nega-se à visão das alturas.
Faze o que deves fazer da melhor forma que te esteja ao
alcance, sem te preocupares com o que os outros
pensam ou fazem relacionado contigo.
Joanna de Ângelis (Divaldo P. Franco)

Crise financeira

*Trabalhe antes, durante e depois de qualquer crise,
e o trabalho garantirá a tua paz.*
Estude e Viva – André Luiz (Chico Xavier)

Depois da doença, talvez seja a crise financeira uma das piores provas a que o casal está sujeito. Ela chega destruindo quase tudo à sua frente, e os menos preparados sucumbem nas primeiras horas a essa terrível tempestade. No momento da crise é preciso juntar forças, não se deixar abater e ir até o fim, até que a situação volte ao normal. Nessa hora, os cônjuges mais precisarão do apoio mútuo, confiança e fé em Deus.

Ocorrem crises financeiras de todo tipo. Algumas são resultado da própria imprudência, pegando de surpresa o mau administrador. Outras decorrem de investimento mal calculado, com resultados desastrosos.

Às vezes, é a enfermidade que surpreende um ente da família, exigindo altas somas no tratamento de longo curso. De outras, são os gastos com coisas supérfluas, e até excessivos, que acabam pesando na conta bancária.

Há também os "vendavais" inesperados que surgem no caminho.

É o desemprego que bate à porta, pondo o chefe de família na rua da amargura, quando não é o próprio negócio que beira à falência. Ora é o carro que sofre avaria de grande monta e o orçamento da oficina estoura o planejamento do mês.

Todos esses acontecimentos, quando ocorrem em seqüência ou simultaneamente, põem o casal em desespero, afetando a estabilidade e a harmonia familiar, e, se não há uma retaguarda firme, alicerçada na fé e na compreensão da vida, podem minar as defesas psicológicas do casal. Por isso, em muitos casos, a crise financeira pode levar à separação.

****

Quando falta dinheiro, a paz vai embora, deixando o desentendimento.

Quando falta dinheiro, a concórdia dá lugar à acusação. O respeito parte, e chega o desprezo.

Quando falta dinheiro, o crédito arruma as malas, e o cobrador bate à porta...

Nessa hora chegam mais dois moradores no lar: a dúvida e o medo...

Não é fácil suportar e sair inteiro de uma crise financeira. Ela machuca e, às vezes, deixa feridas que não se fecham ou demoram a cicatrizar. Entretanto, jamais se deve esquecer de Deus nesses momentos...

André Luiz, no livro *Estude e Viva*, psicografado pelo missionário Chico Xavier, ensina: "Antes das suas dificuldades de agora, você já faceou inúmeras outras e já se livrou de todas elas, com o auxílio invisível de Deus".

Apesar dessa verdade, poucos se lembram das vezes em que se viram em situações difíceis no passado. No entanto, com paciência, perseverança e fé conseguiram vencer.

Mas quando os cônjuges se amam verdadeiramente, eles têm recursos e coragem para vencer a prova. Mesmo que haja perdas materiais, a vitória lhes sorrirá, não raro mais cedo do que se espera, trazendo grandes lições de vida, concorrendo para o amadurecimento de ambos.

Os prejuízos materiais são recuperados, e, o mais importante, eles completam a travessia, juntos, um ao lado do outro.

Como diz o ditado, "vão-se os anéis, ficam os dedos". Pior mesmo seria perder também os dedos...

Mas, o que fazer quando a crise financeira chega? Como agir em momentos tão delicados?

Nesses momentos, recomendam-se:

Direcionar forças e empenhar-se na redução de gastos.

Buscar ajuda razoável, onde for possível, e enfrentar a situação conversando e negociando.

Jamais fugir do problema, pois isso poderá acarretar problemas maiores.

E é muito importante não temer a luta nem "entregar os pontos", como se costuma dizer.

Afinal, é natural que aconteçam imprevistos na vida. E quem poderia dizer que não está sujeito a eles?

Muitas vezes a vida retira o cetro do poder, do dinheiro, da saúde e entrega o archote da dor.

Feliz é aquele que se deixa iluminar e aprende a lição sem cair na rebeldia.

Pela mediunidade de Chico Xavier, o autor espiritual Emmanuel, no livro *Fonte Viva*, esclarece: "Enquanto te encontras no plano de exercício, qual a crosta da Terra, sempre serás defrontado pela dificuldade e pela dor. A lição dada é caminho para novas lições. Atrás do enigma resolvido, outros

Felizes para sempre 39

enigmas aparecem. Outra não pode ser a função da escola, senão ensinar, exercitar e aperfeiçoar. Enche-te, pois, de calma e bom ânimo, em todas as situações".

Então, ao deparar uma dessas crises, qual marinheiro em alto-mar diante da tempestade que levou seu barco, agarre-se à tabua da paciência e resignação e se lance ao trabalho. Ficar a gritar pelos prejuízos ocorridos é desperdiçar energias que serão necessárias mais à frente. Quem se revolta, age negativamente. Sofre e faz sofrer.

A fuga também não será boa medida, e só poderá agravar as conseqüências. Entregar-se ao vício, ao desânimo ou à descrença só aumentará a dor íntima, pois mais tarde chegará o remorso, inundando o coração.

Por isso é sempre recomendável enfrentar a crise, seja ela qual for, e não fugir jamais.

Então, não como heróis, mas como humanos, devem os consortes buscar nos seus corações os recursos com que irão debelar a crise indesejada. Juntar mãos, corações e idéias a fim de traçar um plano para a grande batalha que deverão enfrentar e vencer.

É fator importante não ficar exumando cadáveres, ou seja, não ficar chorando lágrimas sem fim pelas coisas perdidas. A lamúria, a queixa e os reclamos intermináveis poderão afastar aqueles que querem ajudar. Ninguém suporta pessoas que gostam de lamentar-se a todo instante.

Além disso, a lamentação só corrói a auto-estima e dificulta a recuperação de quem se sente doente. É preciso usar cicatrizantes, e o melhor dos remédios é a esperança. Ela colabora intensamente para curar as feridas de todos os tipos.

Todo mundo sabe que nada é para sempre... Um dia a crise irá embora e deixará lições e experiência. Mantendo-se unidos, os cônjuges aproveitarão o aprendizado em benefício comum e serão recompensados pelo prazer de se olharem no espelho e descobrirem ali, refletidas, pessoas corajosas que não se acovardaram.

E quanto a isso, no mesmo livro acima citado, André Luiz reforça que "lamentamos desajustes domésticos e perturbações coletivas, incompreensões e sinistros; entretanto, em qualquer falha nos mecanismos da vida, é necessário inquirir, quanto à nossa conduta, no sentido de remover, em tempo hábil, a ocorrência infeliz. Os viajantes de um navio, a pleno oceano, reclamam auxílio mútuo, a fim de que se evite o soçobro da embarcação".

Certamente, nessas ocasiões o casal descobrirá outros valores que antes não enxergava ou a que não dava a devida atenção. Cada um dos cônjuges descobrirá no outro o companheiro fiel de estrada que nos momentos difíceis soube encontrar razões verdadeiras para continuarem juntos. Encontrará nos filhos o apoio que lhes socorre a fim de não fraquejarem nos piques de fragilidade.

Enquanto se vive uma crise, muita gente perde o sorriso e transmite uma tristeza sem fim. Não falam em esperança e deixam transparecer a falta de fé neles e em Deus. Esquecem-se de que é importante ao viajante da vida se sentir feliz enquanto viaja, e de que encontrar obstáculos no percurso, é fator natural e até previsto.

Dessa forma, tempo bom ou ruim, subida ou descida, noite ou dia, estradas difíceis ou cobertas de rosas, fazem parte do dia-a-dia de todo viajante. Além disso, demonstrar alegria somente no instante da vitória não vale a pena, pois esse momento passa muito rápido.

Então, aqui vão algumas dicas para o momento de crise.

Não sofra sozinho. Essa atitude aumenta sua dor e diminui o raciocínio. Abra o seu coração com sinceridade para alguém de confiança e isso o fará sentir-se melhor.

Converse mais com Deus. Faça suas preces e confie no socorro divino. Quem possui um vínculo com a fé encontra mais conforto e sente-se mais fortalecido.

Conviva mais com a família. A ternura demonstrada em palavras e gestos faz bem.

Conversas fraternas agregam todos num só propósito: vencer.

Colabore com Deus. Participe de uma obra assistencial. Visite um abrigo de idosos ou colabore com uma entidade de apoio à criança abandonada. Olhando a dor alheia, a própria dor diminui.

Esqueça os noticiários. Nem sempre eles informam; antes, deprimem quem está sensível. Desligue a TV e ouça uma música suave. Isso diminui a tensão. Cante durante o banho.

Chore. Extravasar a dor pelos olhos lava a sujeira da alma. E, se o pranto é acompanhado por um sentimento sincero e puro, lembre-se de que as lágrimas se fazem sementes de luz. E é no pranto que os olhos brilham mais e abrem as janelas da alma.

Você é mais forte do que pensa. Não se esqueça disso, uma crise pode ser ruim, mas não tanto quanto seus piores temores. Ela não ficará com você para sempre. Não subestime sua capacidade e acredite em sua vitória.

Sorria. A cada passo dado e a cada etapa vencida extravase sua alegria. Saiba que grandes vitórias começam pelos pequenos gestos.

Creia. Ninguém está sozinho, nem esquecido por Deus. Lembre-se de que os anjos existem, só que eles não possuem asas e, às vezes, os chamamos de amigos, irmãos, pai, mãe, esposo, esposa, filhos...

Felizes para sempre 43

Agradeça a Deus por existir. Jamais se esqueça de que você existe por um ato de Amor do Pai que o criou.

E o autor espiritual André Luiz, pelas mãos abençoadas de Chico Xavier, no livro *Sinal Verde*, encoraja dizendo: "O erro ensina o caminho do acerto, e o fracasso mostra o caminho da segurança. Se você parar de se lamentar, notará que a felicidade está chamando o seu coração para a vida nova. Em qualquer fracasso, compreenda que, se você pode trabalhar, pode igualmente servir, e, quem pode servir, carrega consigo um tesouro nas mãos. Por maior lhe seja o fardo do sofrimento, lembre-se de que Deus, que agüentou com você ontem, agüentará também hoje".

Se o problema tem solução, não há com o que se preocupar.
Se o problema não tem solução, também
não há com o que se preocupar.
Provérbio chinês

CAPÍTULO III

filhos

ISTOÉ - Muitas pessoas acham que é fácil para o Roberto Shinyashiki dizer essas coisas, já que ele é bem-sucedido. O senhor tem defeitos?

Shinyashiki - *Tenho minhas angústias e inseguranças. Mas aceitá-las faz minha vida fluir facilmente. Há várias coisas que eu queria e não consegui. Jogar na Seleção Brasileira, tocar nos Beatles (risos). Meu filho mais velho nasceu com uma doença cerebral e hoje tem 25 anos. Com uma criança especial, eu aprendi que ou eu a amo do jeito que ela é ou vou massacrá-la o resto da vida para ser o filho que eu gostaria que fosse. Quando olho para trás, vejo que 60% das coisas que fiz deram certo. O resto foram apostas e erros. Dia desses apostei na edição de um livro que não deu certo. Um amigão me perguntou: "Quem decidiu publicar esse livro?" Eu respondi que tinha sido eu. O erro foi meu. Não preciso mentir.*
Roberto Shinyashiki, na Revista ISTOÉ

Filhos

Toda criança é um mundo espiritual em construção ou reconstrução, solicitando material digno a fim de consolidar-se.
Sinal Verde - *André Luiz (Chico Xavier)*

Conceber um filho é a maior alegria que se pode ter na Terra. Mas, para cada um de nós, a experiência se faz de modo diferente, como também diferente é a chegada do segundo, do terceiro e de quantos mais vierem.

O filho é a jóia mais cara no mundo dos sentimentos, e a sua perda a pior das dores que alguém possa sentir. Não existe algo ou alguém que possa substituir a ausência de um filho que se foi... Por isso, é comum ouvir dizer que a pessoa "aceitou" a vontade de Deus, sem, contudo, jamais se acostumar com a ausência do filho amado que partiu para o outro lado da vida.

Dizem que, para o homem se sentir realizado, ele deve plantar uma árvore, escrever um livro e ter um filho. Talvez esse ditado expresse a verdade, pois esses fatos são atitudes criativas que dão vida e são para sempre... Embora muitos não possam realizar os três preceitos, pois escrever um livro não é tarefa tão fácil assim, porém plantar uma árvore é perfeitamente possível. E passar pela experiência de ouvir quem nos chame pelo doce nome de papai ou mamãe é algo fantástico!

Infelizmente, com o passar dos anos, os problemas do casal vão se fazendo presentes cada vez mais no seu dia-a-dia e muitos acabam por se acostumar com a divina bênção dos filhos ao seu lado. Há aqueles que só "acordam" quando os filhos estão se preparando para casar, ou quando mudam de cidade em busca de novas oportunidades profissionais, ou em piores momentos, quando descobrem uma doença incurável em um deles, ou com a chegada da morte trágica e inesperada.

E nessa hora não existe quem esteja bem preparado, é verdade. Todos os pais sofrem, mas há algo que os diferencia: há os que tudo fizeram pelo bem dos filhos, dedicando-lhes amor e presença sempre que possível, enquanto há aqueles cuja dedicação ficou a desejar. Ambos choram a perda; no entanto estes últimos carregam, além da saudade, o peso do remorso que os dilacera a alma sem consolo.

Evite que isso lhe aconteça... Não é escolha de ninguém a morte de um filho. Mas evitar o remorso é perfeitamente possível. Esteja com seus sentimentos expressados em dia, tanto em palavras como nos gestos. Diga que os ama e faça tudo para que eles sintam isso e acreditem em você. É necessário prevenir futuras dores, pois o tempo não pára, nem volta. André Luiz, na obra citada em epígrafe, alerta ao dizer que "a criança é um capítulo especial no livro do seu dia-a-dia. Não existe criança, nem uma só, que não solicite amor e auxílio, educação e entendimento."

Os pais não podem relegar essa importante tarefa concedida por Deus. O casal preocupado com a harmonia familiar deve cuidar da atenção aos filhos desde muito cedo. Juntos, pai e mãe, ocupar-se-ão de todos os deveres que lhes competem, colaborando um com o outro nas tarefas que um filho exige, e que não são poucas nem fáceis.

Quando a mulher fica grávida, infelizmente, em muitos casos, o esposo dela se afasta, e passa a reclamar aos amigos alegando ter ganhado um filho e perdida a esposa. Com essa atitude, começam a complicar a convivência, que exigirá de ambos renúncia e dedicação total. Nesse momento, já não se pertencem um ao outro, mas ambos são aliados daquele que está por chegar. Mais que todos, ele exigirá atenção e carinho total.

Então é oportuno perguntar: por que alguns homens não "engravidam" junto com as esposas?

Por que existem aqueles que não colaboram e nem se aproximam, a fim de amenizar a dificuldade da companheira? Por que eles não assumem desde cedo o dever de pai? Há um abismo imenso entre a atitude de muitos homens e a atitude das mulheres. Estas, quase em sua totalidade, entregam-se ao filho de corpo e alma, enquanto muitos maridos permanecem a distância. Homens como esses precisam se conscientizar de que ser pai é muito diferente de ter um filho. Pais devem estar presentes em todos os instantes da vida do filho, sejam momentos bons ou ruins. Muitos, no entanto, omissos, costumam dizer às esposas: "Este é teu filho!" Ou ainda: "O dever de educar é teu!"

O casal que tem filhos não se poderá omitir jamais. Essa ou aquela decisão não pode ser de um ou do outro, mas de ambos. É muito cômodo dizer "você decide" e depois cobrar o fracasso, caso ocorra. Outro fator importantíssimo é a comunhão em tudo que se passa com os filhos. Pai e mãe deverão estar cientes de cada detalhe que os envolve, tanto na escola quanto no cotidiano.

Com a gravidez, a mulher se tornará mãe, inapelavelmente. O homem, por sua vez, deve também se transformar em pai. Aí, sim, estará constituída a família. Afinal, a educação dos filhos é função de ambos, salientando apenas que há alguns detalhes podem ser mais bem explicados pela mãe ou pelo pai. É mais fácil para a mãe, por exemplo, expor à filha as transformações orgânicas e físicas que ela sofrerá, enquanto é mais coerente ao pai esclarecer o filho quanto à responsabilidade do uso do sexo no que tange à gravidez da sua namorada. Digamos que essas são as situações mais comuns. Mas existe pai com inteira liberdade de diálogo com a filha, como também há mãe cujo filho lhe confia os mais íntimos anseios e dúvidas próprias da idade. O casal em harmonia tem maiores probabilidades de ter filhos mais equilibrados. Atitudes com bom-senso e reações emocionais comedidas, bem como a responsabilidade moral, jamais são improvisadas. É simplesmente a colheita de anos de dedicação, semeando bons exemplos e nobreza de caráter.

E que o casal não se esqueça das diferentes fases de seus filhos! Após a primeira infância, vem o momento de levá-los à escola. Posteriormente estarão frente a frente com a adolescência, que, dizem, ser a fase mais difícil. Logo em seguida defrontarão com a juventude, a hora do namoro e da liberdade que tanto assusta os pais. Soltar as amarras não é tarefa tão fácil, e demonstrar equilíbrio nessa hora é importantíssimo, caso contrário surgirão discussões acirradas que poderão trazer divisões dentro do lar.

Mas é bom que se esclareça que tudo se faz por seqüências bem definidas. Eles não crescem de repente, e em cada fase há o tempo necessário para a adaptação. Os pais que cumprem bem uma etapa ganham aptidão para a seguinte, e assim sucessivamente. Portanto, o casal que fique atento, pois quem não deseja passar por sérios problemas com seus filhos na adolescência ou juventude, harmonize-se primeiro, este é o remédio que previne muitos males. Sejam amigos dos filhos, respeitando-os como seres humanos, amando-os de verdade desde muito cedo. Não será com presentes que os conquistarão, e, sim, com afeto, ternura e amizade. Afinal, respeito, gratidão, carinho e amizade não se compram nem há dinheiro que os pague.

É fato inquestionável que a educação correta desde a infância evita dores futuras. Toda e qualquer rebeldia explodirá na adolescência ou juventude, porém o estopim foi aceso durante todas as fases anteriores.

Essas receitas serão um preventivo sem garantias de que não haverá dores e lágrimas. No entanto evitarão sofrimentos maiores e, principalmente, hão de inspirar o amor dos filhos. Quanto ao mais, não se esqueçam de que os filhos não poderão viver numa redoma. Eles estão no mundo como vocês mesmos e desejam viver suas vidas, adquirir suas próprias experiências e usufruir de liberdade.

André Luiz, no livro que abre este capítulo, adverte: "Não tente transfigurar seus filhinhos em bibelôs, apaixonadamente guardados, porque são eles espíritos imortais, como acontece a nós, e chegará o dia em que despedaçarão perante você mesmo quaisquer amarras de ilusão". Portanto é melhor libertá-los aos poucos, antes que eles mesmos arrebentem violentamente essas amarras.

Assim, pais e mães, mostrem o caminho e deixem que eles decidam por si mesmos a profissão que devam seguir, a pessoa a quem entregar o coração, as músicas que mais agradem a seus ouvidos, enfim, dentro da normalidade e do bom-senso. Permita-lhes o privilégio da liberdade de escolha. E não se esqueçam de, quando retornarem, ainda que machucados, ajudá-los novamente, e quantas vezes forem necessárias, pois o amor dos pais não se esgota e, como se sabe, não existe ex-filho.

Por fim, não acredite naqueles que dizem que só existem filhos-problema. Eles são, em verdade, as jóias mais raras que o Criador colocou no coração de cada pai e mãe aqui na Terra. E os pais que convidarem o Mestre Jesus para auxiliá-los nessa sagrada missão, nada deverão temer. Ao contrário, confiarão que o amanhã trará os saborosos frutos por ver que os filhos são verdadeiros instrumentos de Deus aqui na Terra.

Finalizando, Emmanuel, através de Chico Xavier, no livro *O Consolador*, diz que "os estabelecimentos de ensino, propriamente do mundo, podem instruir, mas só o instituto da família pode educar. É por essa razão que a universidade poderá fazer o cidadão, mas somente o lar pode edificar o homem".

Vinde a mim todos vós e eu vos aliviarei.
Jesus.

CAPÍTULO IV

Gordinha, eu?

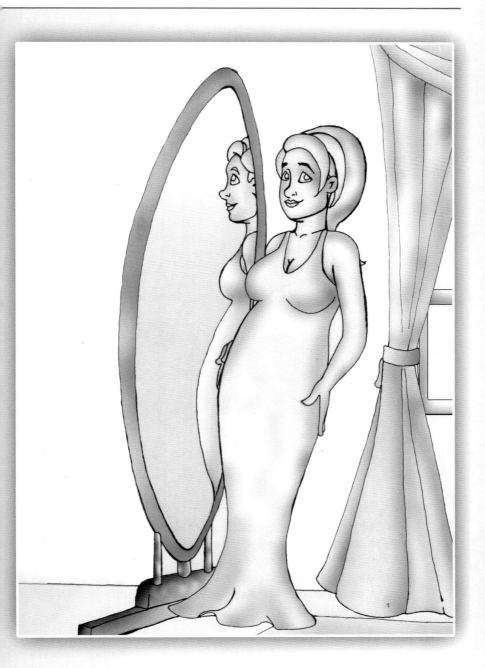

Para o homem da Terra, a saúde pode significar o equilíbrio perfeito dos órgãos materiais; para o plano espiritual, todavia, a saúde é a perfeita harmonia da alma, para obtenção da qual, muitas vezes, há necessidade da contribuição preciosa das moléstias e deficiências transitórias da Terra.

Emmanuel (Chico Xavier), em O Consolador, *FEB.*

Gordinha, eu?

> *No corpo humano, temos na Terra o mais sublime dos santuários e uma das supermaravilhas da Obra Divina.*
> Roteiro – *Emmanuel (Chico Xavier)*

O mundo não é feito apenas por magras mulheres de camisetas e com meias-coloridas sapateando nas academias de malhação. Nem é um constante desfile de modas envolvido por câmeras fotográficas que retratam as formas esqueléticas das moças modelos. Há vida inteligente e pessoas felizes fora dos conceitos de magreza! Existe também vida saudável e gente com auto-estima inabalável, apesar do corpo um pouco acima do que chamam "normal".

A propaganda exercida pelos meios de

comunicação sobre a "forma ideal" é intensa, mas ela é direcionada principalmente sobre as mulheres, que são bombardeadas com uma exigência quase fatal. Divulga-se por todos os meios que só é possível ser feliz consumindo este ou aquele produto e tendo um corpo nessa ou naquela medida. Fora disso, dizem, é depressão, estresse, frustração e a possibilidade de ser rotulada de ultrapassada e gorda.

E, infelizmente, muitas mulheres se deixam levar por essa lavagem cerebral. Aquelas que não possuem tais medidas de coxas, busto e cintura estão fora da possibilidade de se sentirem bem, dizem os "entendidos". Principalmente as adolescentes e jovens meninas, mesmo sendo magras, caem nessa perigosa armadilha e vivem numa verdadeira obsessão, em constante regime que as faça magricelas, embora já o sejam.

E às casadas, então, resta o quê? Depois do casamento e da primeira gravidez, o corpo da maioria delas já não é o mesmo. Por isso é muito difícil à mulher moderna trabalhar fora, dar conta do recado como mãe e esposa, manter um corpo de mocinha e ainda ser a mais feliz da cidade. Missão quase impossível, não é mesmo? É necessário buscar o bom-senso em tudo, e ao corpo não se exigir algo além de seu limite. Cada uma deve enquadrar-se dentro de sua realidade, ser feliz e não se sentir frustrada.

No livro *Sinal Verde*, o autor André Luiz, pela mediunidade de Chico Xavier, esclarece que "quem se aceita como é, doando de si à vida o melhor que tem, caminha mais facilmente para ser feliz, como espera ser". Não há melhor remédio do que este. Aceitar já é meio caminho andado para o equilíbrio das emoções, dos sentimentos e da auto-estima. Além disso, não será pelas formas externas que alguém encontrará a paz consigo mesmo. Basta olhar em volta e qualquer um notará pessoas, com corpos bonitos, mas que são infelizes. Com isso não se faz aqui uma apologia ao desleixo e à falta de cuidados com o corpo. É necessário destacar que a razão da felicidade não está toda na forma física, mas nem por isso se deve desprezá-la por não tê-la como gostaria que fosse.

O equilíbrio é sempre a melhor posição. É preciso conscientizar-se de que o corpo é instrumento sagrado que o Pai nos entrega para a necessária evolução. No livro *Roteiro*, que citamos à abertura deste capítulo, o instrutor espiritual Emmanuel assevera que "da cabeça aos pés, sentimos a glória do Supremo Idealizador que, pouco a pouco, no curso incessante dos milênios, organizou para o espírito em crescimento o domicílio de carne em que a alma se manifesta".

Portanto, os cuidados para com a saúde do corpo são obrigação de todos e vão muito além de simples vaidade, muito embora esta acabe por conduzir alguns a exageros sem conta. Então, aqui vão alguns conselhos que poderão ajudar cada uma a encontrar seu bem-estar:

- Ao se sentir gordinha, busque com seriedade e perseverança encontrar o seu limite. Faça o que é possível nos exercícios físicos e adote uma dieta.

- Não se sinta frustrada pelo corpo que tem. Aceite-o e tire proveito disso. Saiba que não basta ser magra para ser feliz, e não será por ter um corpo "perfeito" que terá a garantia de ser saudável e realizada.

- Faça exercícios regulares para atingir uma boa forma. Tenha disposição para fazer caminhada, natação e umas boas pedaladas em sua bicicleta.

- Não se entregue à preguiça e ao conformismo, pois é exatamente isso que lhe traz frustrações e tristezas. Sinta-se jovial, alegre e bem com a vida. Busque "estar em forma" e não "ser magrela".

- Ao matricular-se na academia de musculação ou aeróbica, não pense em usar 38. Pense em melhorar sua qualidade de vida para sentir-se bem consigo mesma.

- Jamais se acomode com sua forma. Eis a receita da manutenção de seu corpo saudável. Há diferença entre "aceitar-se como é" e "acomodar-se como está". Aceite sua condição sem revoltas e não desista.

Felizes para sempre 61

- Determine uma dieta capaz de ser seguida por toda a vida, e não por um mês apenas. Ninguém vive de bolachas de água e sal e uma fatia de tomate acompanhada de uma folha de alface. Isso é frustrante e vai levá-la à falta de calorias necessárias à sua saúde.

- É preciso saber alimentar-se com naturalidade, pensando em qualidade e não em quantidade. Não se esqueça desta afirmativa dos antigos romanos: "Há homens que cavam a sepultura com a própria boca".

- Areje a mente, sorria pra vida e goste de si mesma. Ninguém consegue amar ao próximo sem amar a si mesmo.

- Não tenha medo do que vão dizer. Tenha seu padrão físico na medida em que lhe seja possível. Faça tudo aquilo que o seu limite dita, e não queira ser o que não é.

Finalmente, o último conselho, dado por André Luiz, pela mediunidade de Chico Xavier, no livro *Estude e Viva*:

"Meditemos no gasto excessivo de forças em que nos empenhamos levianamente no trato com assuntos da repartição de outrem. Para conjurar essa perda inútil, reflitamos em três conclusões de interesse fundamental:

O que os outros pensam: aquilo que os outros pensam é idéia deles.

O que os outros falam: a palavra dos amigos e adversários, dos conhecidos e desconhecidos é criação verbal que lhes pertence.

O que os outros fazem: a atividade dos nossos irmãos é fruto de escolha e resolução que lhes cabe."

Então, não dê tanta importância à opinião dos outros e siga seu caminho, sem se culpar e sem estacionar nas lamentações improdutivas. Estes conselhos são simples, e é possível segui-los sem sofrer. É lamentável ver mulheres tristes e com olheiras marcantes por causa das dietas. Vivem de remédios e frustrações, beirando à depressão.

Hoje, a medicina moderna alterou conceitos do tipo gordo é doente e magro é saudável. Há estudos sérios comprovando que os mais gordinhos em boa forma física e que se cuidam com dietas saudáveis vivem tanto quanto os magros. E quanto aos magros fora de forma, ociosos e comilões, a maioria tem sua saúde comprometida.

Além disso, as compensações da vida não se resumem em ter um corpo magro. As alegrias são oriundas de vitórias no campo profissional, na harmonia familiar, no amor correspondido pelo cônjuge, na auto-estima por gostar de si mesma e muito, muito mais... Então, olhe em volta e conte suas bênçãos, conquistas e vantagens. Isso fará com que você se preocupe mais com outros valores e

Felizes para sempre 63

menos com a balança.

Emmanuel, no livro que já nos referimos, insiste em que "a bênção de um corpo, ainda que mutilado ou disforme, na Terra, é como preciosa oportunidade de aperfeiçoamento espiritual, o maior de todos os dons que o nosso Planeta pode oferecer".

Assim, observar o que a vida tem de bom é tão importante ou mais do que simplesmente ter um corpo bonito, que com o tempo também irá se desgastar. Enquanto as conquistas nobres da alma imortal permanecem sempre.

O prazer de uma vida a dois é perfeitamente possível com um ou ambos mais gordinhos, incluindo mesmo a satisfação sexual, pois o prazer independe das formas. O clímax se alcança pelo sentimento que se tem, pelo que se diz antes, durante e depois da relação íntima. E mais, encantar e seduzir seu par, levando-o a querer estar sempre mais por perto, como também a se sentir de bem com a vida, faz parte do mundo encantado de todos que se amam, embora seu corpo não seja "padronizado" por aquela minoria que se diz entender de felicidade.

Finalmente, não se envergonhe do seu corpo. Ele é o instrumento que o Criador lhe concedeu. Agradeça a Ele e seja feliz, pois assim terá vida saudável e alegre. No mais, viva e deixe viver...

Quando se busca o cume da montanha, não se dá importância às pedras do caminho.
Provérbio oriental

CAPÍTULO V

Intimidade

O sexo é manifestação sagrada do amor universal e divino,
mas é apenas uma expressão isolada do potencial infinito.
Entre os casais mais espiritualizados, o carinho e a confiança,
a dedicação e o entendimento mútuos permanecem muito acima
da união física, reduzida, entre eles, a realização transitória.
A permuta magnética é o fator que estabelece ritmo necessário
à manifestação da harmonia. Para que se alimente a ventura,
basta a presença e, às vezes, apenas a compreensão.

André Luiz (Chico Xavier), em Nosso Lar, *FEB.*

Intimidade

Sexo é espírito e vida, a serviço da felicidade e da harmonia do Universo. Conseguintemente, reclama responsabilidade e discernimento, onde e quando se expresse.
Vida e Sexo – Emmanuel (Chico Xavier)

O sexo é, sem dúvida, um termômetro importante utilizado pelos conselheiros e terapeutas conjugais a fim de medir o momento emocional do casal. Isso porque, quando as coisas não vão bem entre eles, as conseqüências negativas irão desaguar na intimidade.

Com exceção dos problemas congênitos ou orgânicos, quase sempre passageiros, que exigem orientação médica e apoio medicamentoso, o desinteresse pelo sexo tem suas raízes em múltiplos motivos. Descobrir essas causas não é tarefa assim tão fácil, como também a disposição para buscar a sua cura. Isso porque a solução depende exclusivamente daquele que passa pelo problema e nem sempre ele reconhece isso.

No ótimo livro *A Vida em Família*, no Cap. IX, o seu autor Rodolfo Calligaris destaca que "o ajustamento sexual dos cônjuges mui raramente se verifica desde os primeiros tempos de união; quase sempre é o resultado de um lento processo de aperfeiçoamento, ou seja, de um perseverante esforço de adaptação física e espiritual, ao longo de anos e anos".

Portanto, conseguir afinidade no sexo requer tempo e métodos que somente o casal perseverante alcançará. Será uma conquista própria, pois cada um tem seu jeito único de ser, suas preferências particulares e sua formação individual. O que é bom para um casal, não o é para outro. E assim se dá com todos.

Dessa forma, jamais uma técnica ampla resultará em êxito particular, pois o resultado positivo de um poderá ser ineficaz para outros. Cabe a cada casal buscar seus próprios caminhos e descobrir o roteiro que satisfaça a ambos. Além disto, a satisfação sexual e a conseqüente afinidade com o parceiro depende menos de técnica e mais de sentimentos expressados, afagos constantes e respeito mútuo. E nem todo mundo compreende esse pormenor e o coloca em prática no cotidiano.

Porém, é unanimidade o conceito de que

Felizes para sempre 69

homens e mulheres pensam e fazem do sexo idéias e práticas muito diferentes. Já foi dito por alguém que o homem faz sexo e a mulher faz amor, embora haja muitos homens preocupados em assemelhar-se mais com as mulheres nesse particular.

Não há dúvida de que a mulher é mais sensível do que o seu parceiro, que exija na prática sexual uma dose maior de sentimento, mas nem por isso se deve olhar o homem apenas como uma máquina de fazer sexo. Ele também possui o seu lado romântico e deseja amar e ser amado, tocar e ser tocado e, acima de tudo, muitos homens já se preocupam em proporcionar e não somente sentir prazer.

Sem querer ditar regras ou conceituar atitudes como forma de uniformizar situações, diz-se que o mundo sexual do homem pode ser resumido em alguns detalhes, tais como:

a) Eles pensam em sexo muito mais do que as mulheres.

b) Eles dependem do sexo mais do que as mulheres.

c) Mesmo com algum aborrecimento ocorrido durante o dia entre os dois, eles conseguem ter uma relação sexual normal.

d) Para eles, não ter relação sexual por um período é sinal de que o seu casamento acabou.

e) Caso elas digam não em certo momento, eles se sentem mortalmente feridos.

f) Para eles, sexo é fundamental.

Para as mulheres, é tudo ao contrário, ou seja:

a) Elas não pensam em sexo tanto quanto os homens.

b) Elas não dependem do sexo tanto quanto os homens.

c) Qualquer aborrecimento acaba com o desejo delas.

d) Para elas, não ter relação sexual pode ser um momento de reflexão e não de desastre.

e) Para elas, sentimento é fundamental no sexo.

Depois dessas dicas, cabe ao casal aplicar um pouco de psicologia e descobrir como é sua cara-metade. Como foi dito acima, isso não é regra geral; apenas indica que a maioria dos homens e das mulheres pensa e age dessa forma.

Não é tão difícil descobrir o que é melhor para seu cônjuge. Com o passar do tempo, cada qual observará as preferências e estímulos que mais agradam ao parceiro. Para tanto, técnicas e estudos sobre o assunto são dispensáveis, pois ao bom observador, empenhado em agradar e satisfazer, essa tarefa é perfeitamente possível.

Importante reconhecer também que cada ser humano possui seu próprio ritmo sexual. Não se pode negar que todos possuem uma intensidade diferente e se sentem bem a seu modo. Há, por exemplo, aqueles que se satisfazem com uma freqüência menor de relações do que seu parceiro.

Felizes para sempre 71

É verdade que parceiros com ritmos extremamente opostos têm possibilidades maiores de desentendimento. Enquanto um está bem, o outro se encontra insatisfeito. E não é nada fácil reprimir desejos e se sentir recusado. Para quem deseja mais relações, ficará sempre a impressão de que o outro não o quer, mesmo que diga o contrário.

Por isso, é necessária a compreensão de ambas as partes. Abrir mão, repensar sua atitude e conversar sobre o assunto sempre resolvem as piores crises. Muitos casamentos ficam comprometidos nesse ponto. Não é pela ausência do amor nem por falta de prazer no relacionamento sexual. Seus ritmos é que são diferentes. Sem perceberem, e por falta de diálogo, o sexo encerra uma união que poderia ser duradoura. Consciente desse importante detalhe, evitar dissabores será mais fácil.

No casamento ainda podem ocorrer fatores adversos à vontade do casal, e isto pode abalar as estruturas da afinidade sexual. São problemas profissionais, abalos financeiros, crise em família, desajustes com filhos ou entre si mesmos. Tudo coloca em risco não só a harmonia sexual como também o próprio casamento.

Outrossim, não se pode esquecer que entre os cônjuges existem débitos do passado que poderão explodir no presente e isso exigirá de ambos uma dose maior de entendimento. O bondoso espírito Emmanuel, pela mediunidade do saudoso Chico Xavier, no livro *Vida e Sexo*, Cap. IX, diz que "o matrimônio pode ser precedido de doçura e esperança, mas isso não impede que os dias subseqüentes, em sua marcha incessante, tragam aos cônjuges os resultados das próprias criações que deixaram para trás". Portanto, quando o barco do casamento enfrentar as tempestades do mar da vida, que os cônjuges se apeguem um ao outro a fim de vencerem juntos o mau tempo, que, certamente, é passageiro.

É importante notar também que a crise geralmente nasce em uma das partes. Mesmo entre casais com dez anos ou mais de casados, é possível haver explosões de insatisfação, causando inevitáveis aborrecimentos. Às vezes, por motivos banais eles brigam. O motivo pode ser debitado na relação sexual insatisfeita.

Pode ser uma posição inadequada, o toque sem carinho ou outros fatores que o casal deve sanar por meio do diálogo aberto e sincero, sem condenações ou cobranças. Enfim, fatores adversos existem, pois o sexo é por demais delicado. Com amor e compreensão, porém, é possível vivê-lo com alegria.

Assim, o casal deve prestar atenção nos detalhes, os quais, por serem muitas vezes ínfimos, acabam passando despercebidos e mais tarde poderão gerar crises quase insuperáveis. Se há motivos que possam obstruir a satisfação sexual, também há, e com mais forte razão, aqueles que mantêm o casamento e o prazer em alta. São estímulos os quais nenhum

Felizes para sempre 73

casal pode dispensar, caso deseje se sair bem com sua cara-metade.

São pequenas atitudes gerando bons resultados, capazes de abrir novas portas de harmonia, promovendo alegrias e revigorando os laços da intimidade. Palavras de estímulo no decorrer do dia, um telefonema, um presente inesperado ou um gesto de carinho ao chegar produzem efeitos gratificantes. Evidente que esses detalhes podem não ser o roteiro único e correto para todos. São apenas sugestões motivando o casal a criar outros e adaptar ao gosto de ambos.

Fica ressaltado que os ingredientes apenas enriquecem o que já é bom por si mesmo, cabendo aos dois manter os elementos causadores de sentimentos nobres, alegrias espontâneas e gestos de ternura.

Dessa forma, a intimidade estará fortalecida, e o dia-a-dia não será angustiante. Ao contrário, será prazeroso e cheio de surpresas agradáveis. Por isso, finalizamos com as palavras de Emmanuel, retiradas do livro *Cartas do Coração*, psicografia de Chico Xavier, que diz: "Em qualquer circunstância, recordemos que o sexo é um altar criado pelo Senhor, no templo imenso da vida. Santificá-lo é santificar-se".

Felicidade é a certeza de que a vida não está
se passando inutilmente.
Érico Veríssimo.

CAPÍTULO VI

Parentes

Aprende a estimar os outros, como se apresentam,
sem exigir-lhes mudanças imediatas.
Emmanuel (Chico Xavier)

Seus dias são marcas no caminho evolutivo.
Não se esqueça de que compactas assembléias de
companheiros encarnados e desencarnados conhecem-lhe a
trajetória pelos sinais que você está fazendo.
André Luiz (Chico Xavier)

Parentes

Em família temos aqueles que permanecem conosco para o nosso amor e aqueles que se demoram conosco para a nossa dor.
Cartas do Coração. Emmanuel (Chico Xavier)

Das interferências perigosas a que o casal está sujeito, a dos parentes talvez seja uma das mais graves. É uma situação delicada a qual exigirá muito tato de ambos. Caso contrário, a harmonia conjugal correrá sério perigo.

Já foi dito por alguém que "parente só dá dor de dente". A frase jocosa revela um pouco da verdade, porém não se pode generalizar e crer que todo parente seja causador de problemas. Seria decretar a falência familiar e ser cego para não enxergar grandes amizades entre os membros do mesmo clã familial.

A família é o patrimônio sagrado daquele que já conquistou uma fatia de amor no coração. Amar os familiares é o princípio da longa caminhada humana até a perfeição. Afinal, não se concebe que alguém encontre paz no mundo vivendo um clima de conflitos entre seus familiares.

Por meio de J. Raul Teixeira, o Espírito Camilo, no livro *Vereda Familiar*, assevera que "a família constitui o mais notável núcleo de libertação e de aprendizagem para os Espíritos chegados ao mundo das densas energias, nas atividades da renovação individual". E assim, lentamente, todos vão ampliando seus círculos afetivos. Certamente, um dia todos os homens se amarão verdadeiramente como uma única família.

Mas o erro do ditado está em qualificar como família somente os pais, os irmãos, o cônjuge e os filhos. Os outros componentes – sogros, cunhados, sobrinhos, primos, genros e noras não são família; são parentes. Aí está o princípio dos conflitos, pois este conceito coloca forte barreira que dificulta a troca de carinho e uma sincera amizade entre seus membros. Assim, a convivência, que poderia ser harmoniosa, acaba ficando comprometida.

Nos momentos felizes fecha-se o círculo, privilegiando a alegria somente à família. Repartem-se sorrisos e beijos, abraços e reconhecimentos de gratidão e vitórias. Porém isso não deixa de ser também uma manifestação de egoísmo, sem com isso condenar a felicidade do lar.

No entanto, nos dias tormentosos em que os problemas se avultam e o sofrimento arromba a porta do lar sem pedir licença, então a coisa muda. A dor parece não caber no peito, e as lágrimas tentam lavar a alma sofrida. É hora de buscar ombros amigos e fiéis, e, não raro, eles se encontram bem mais perto do que se supõe. Só então os parentes serão incluídos...

São as horas de infortúnio, os momentos em que é preciso repartir a dor e somar as esperanças. É nessa hora que até mesmo antigas mágoas e ressentimentos guardados poderão desaparecer.

Infelizmente, quase todo mundo age assim... Mas, como foi dito, felizmente a dor tem um poder de unir as pessoas. E são tantas as vezes que a vida proporciona oportunidades de perdão e reavaliação dos afetos!

Mais feliz é aquele que não espera por esses momentos. Ciente de suas próprias fragilidades, compreende as dos outros. Sabe que a vida é efêmera, que tudo passa, que as situações mudam, enfim que, se hoje precisam dele, amanhã poderá pedir socorro... Por isso, não se deve perder tempo com pequenas coisas que corroem um bom relacionamento. É preciso reavaliar os valores em jogo, observar o que cada pessoa representa no círculo familiar e buscar entender que ninguém se aproxima de alguém por acaso.

Por meio de Chico Xavier, no livro *Fonte Viva*, Emmanuel esclarece que, "impelidos pelas causas do passado a reunir-nos no presente, é indispensável pagar com alegria os débitos que nos irmanam a alguns corações, a fim de que venhamos a solver nossas dívidas para com a Humanidade".

É importante destacar também que ninguém é feliz buscando felicidade só pra si. Portanto casal nenhum viverá num oásis para sempre, isolado do mundo e isento de transtornos e imprevistos. O convívio humano é uma necessidade, e a família proporciona essa oportunidade.

Dessa forma, o casal deve conscientizar-se de que ambos possuem família, e não será por ter se unido a alguém que ela será esquecida. Respeitá-la e dedicar-se com empenho no êxito da relação é um dever a que não se pode furtar.

Em geral, para o homem a assimilação da nova família é um pouco mais fácil. Ao contrário das mulheres, um número maior de homens convive bem com os novos familiares. Nota-se maior amizade entre o genro e os sogros do que a nora e seus sogros. Isso são apenas pesquisas apontando índices diferentes, pois há muitas mulheres que se dão bem com todos os parentes.

Felizes para sempre 81

Um ponto importante a destacar é que ninguém nega o fato de que cabe à mulher a maior responsabilidade pelo equilíbrio das relações familiares. Na mão delas está grande parte do sucesso ou fracasso desse vínculo sentimental. Através de Chico Xavier, no livro *Cartas do Coração*, Isabel Campos diz que "a missão feminina é espinhosa, mas, efetivamente, só a mulher tem bastante poder para transformar os espinhos em flores".

Por isso, surgindo desentendimentos, na maioria dos casos cabe a ela a tentativa da reconciliação. Nas agressões verbais, poderá ser ela o agente do perdão. Nos momentos graves, será ela a portadora da tolerância e da compreensão. Isso porque elas são mais sensíveis, têm visão dos detalhes e seus corações são repletos de sentimentos. Nem por isso se deve deixar somente à mulher o papel de reconciliadora; qualquer dos dois pode dar o primeiro passo, dar um telefonema, mandar um agrado...

A briga em família faz mal pra todo mundo, pois o clima ruim irradia-se para os outros e todos sofrem. Se nascer o desejo de reajuste, o bom-senso pede aceitação. Porém, na reconciliação não se deve buscar quem é culpado. Fazer as pazes é o melhor pra todo mundo; e esquecer o que aconteceu trará a harmonia de volta.

Evidentemente, nem todo casal goza de sogros virtuosos, cunhados amáveis e sobrinhos educados.

É quase impossível encontrar uma família em cujo seio não haja pelo menos um que destoe de todo mundo. O casal que busca sua harmonia interna e julga também importante o convívio familiar certamente encontrará dificuldades para manter a ausência de problemas. No entanto isso não quer dizer impossibilidade de êxito; apenas obstáculos a vencer.

É ainda Emmanuel que diz: "Sem dúvida, a equipe familiar no mundo nem sempre é um jardim de flores. Por vezes, é um espinheiro de preocupações e de angústias, reclamando-nos sacrifício. Contudo, embora necessitemos de firmeza nas atitudes para temperar a afetividade que nos é própria, jamais conseguiremos sanar as feridas do nosso ambiente particular com o chicote da violência ou com o emplastro do desleixo".

Por isso não padece dúvida a necessária união do casal para vencer as barreiras que surgirem. Juntos se farão fortes e, mesmo acontecendo passageiros fracassos, encontrarão um no outro o apoio necessário para recomeçar a busca pela harmonia familiar. É uma luta valiosa, pois o pior da guerra entre parentes não é o encontro dos que se odeiam, e sim a separação dos que se amam. Ocorrendo isso, é preciso restabelecer a harmonia o mais depressa possível, antes que as feridas se façam quase incuráveis.

Felizes para sempre 83

Mas, quando o casal se ama verdadeiramente, saberão os consortes fazer com que prevaleça a harmonia conjugal acima de qualquer complicação. Respeitando sua nova família, ninguém irá separá-los nas discussões ou desentendimentos. Tudo fica complicado para o casal dividido, cada um com sua "família". Frases como "não suporto sua família" ou "a culpa é da sua família" serão evitadas, pois isso atiça os ânimos e, em vez de acalmar, acaba complicando o convívio que prometia ser prazeroso.

Portanto o primeiro passo para o sucesso no convívio familiar será a cumplicidade sincera do casal. Desse modo, os cônjuges suportarão qualquer ataque ou tempestade que venha sacudir o barco do casamento. Unidos, vencerão sogra ou sogro que se façam adversários, conquistarão os possíveis cunhados que se tornem antipáticos, e serão amados pelos sobrinhos, que passarão a respeitá-los.

Simpatia e bondade, virtudes derivadas do amor, sustentarão providencialmente o equilíbrio da paz em qualquer ambiente. Quem deseja enriquecer o patrimônio afetivo deve começar suas conquistas pelos familiares do seu cônjuge. Assim receberá também o afeto que proporciona a ventura de quem ama e é amado.

O casal que convive bem com todos os parentes receberá abraços e beijos não somente nos momentos alegres, mas principalmente naqueles em que mais se precisa de um ombro amigo. E como é bom ter um parente por perto nas horas em que mais é preciso!

No livro *Caminho, Verdade e Vida*, o autor espiritual Emmanuel, pelas mãos do seu tutelado Chico Xavier, no cap. 62 esclarece:

"É razoável sugerir-se uma divisão entre os conceitos de família e parentela. O primeiro constituiria o símbolo dos laços eternos do amor; o segundo significaria o cadinho de lutas, por vezes acerbas, em que devemos diluir as imperfeições dos sentimentos, fundindo-os na liga divina do amor para a eternidade. A família não seria a parentela, mas a parentela converter-se-ia, mais tarde, nas santas expressões da família".

Felizes para sempre 85

A casualidade não se encontra nos laços da parentela.
Fonte Viva – Emmanuel/Chico Xavier

CAPÍTULO VII

Perdoar? Nunca!

As coisas não ditas e não discutidas conjuntamente
vão sendo "empurradas"para o fundo do coração,
onde começa a azedar as relações.
Tânia Zagury
*(Filósofa, mestre em educação, professora adjunta da
Universidade Federal do Rio de Janeiro)*

A maior represália contra um inimigo é perdoá-lo.
Se o perdoamos, ele morre como inimigo e renasce a nossa paz.
O perdão nutre a tolerância e a sabedoria.
Augusto Cury (escritor e psiquiatra)

Perdoar? Nunca!

Se você diz que não perdoa a quem lhe ofende, porventura crê que amanhã não precisará do perdão de alguém?
Sinal Verde – *André Luiz (Chico Xavier)*

Dentre as virtudes que enfeitam as almas nobres, certamente a capacidade de perdoar é uma das mais belas. É preciso amar muito e igualmente entender o próximo, a fim de conseguir não se sentir ferido a ponto de perdoar e ainda desejar o bem daquele que o feriu.

O perdão é a suprema força do amor, capaz de devolver o mal com o bem. É o supra-sumo da caridade, da indulgência, já que se dirige àquele que nos praticou uma agressão, uma ofensa.

É difícil perdoar. Mas quem não precisa de

perdão? "Atire a primeira pedra quem estiver sem pecado", desafiou o Cristo aqueles que pretendiam apedrejar a mulher adúltera. E quem se atreveu a iniciar o apedrejamento? Nenhum deles. Antes, retiraram-se, silenciosos, reconhecendo, na própria consciência, que também tinham pecados, talvez até maiores do que os cometidos por aquela a quem queriam sacrificar.

O mundo moderno tem exigido muito de todos nós, é verdade. Vive-se num clima de tensão emocional contínua. A competição é acirrada em todas as áreas profissionais. E isso acaba por desgastar a resistência mesmo entre os mais fortes, causando fraqueza orgânica e emocional. Muitas pessoas, mesmo sem perceber, tornam-se agressivas como forma de autodefesa, ou mesmo um jeito de desaguar a represa de lágrimas contidas do coração combalido.

Nestes dias tormentosos, o que é comum a todos é o medo, a insegurança e a incerteza quanto ao amanhã. Ninguém tem garantias. Neste estado íntimo vive tanto o pobre quanto o mais abastado. Ambos carregam suas fobias por diferentes motivos, porém com conseqüências idênticas, ou seja, desequilíbrio emocional e não raro uma insatisfação por tudo à sua volta. Sem falar na bomba emocional explodindo sobre o cosmo orgânico, deixando estragos de variada ordem.

Felizes para sempre 91

Para vencer esses desafios é necessário o equilíbrio, que só a Doutrina de Jesus e seu Evangelho nos oferecem. "A cada dia basta o seu mal", asseverou o Mestre. André Luiz, na *Agenda Cristã*, livro ditado ao médium Chico Xavier, escreveu: "Evite a impaciência. Você já viveu séculos incontáveis e está diante de milênios sem fim. Possuir saúde física é reter valioso dom. Mas é necessário considerar o que você faz do corpo sadio. Use calma. A vida pode ser um bom estado de luta, mas o estado de guerra nunca será uma vida boa". Portanto, calma, paciência e bondade não fazem mal a ninguém.

Mas a convivência do casal tem, exatamente por suas características de proximidade, a tendência de se desgastar. O dia-a-dia acaba fazendo com que ambos relaxem na própria vigilância e esqueçam da afetividade, do respeito e atenção necessária para a manutenção da harmonia entre eles. Isso acarreta insatisfação no parceiro, e isso, ao longo do tempo, pode ocasionar lesões no convívio. E mesmo que sejam pequenos aborrecimentos, se não forem sanados a tempo, crescerão em proporções inesperadas. Os problemas não perguntam quem está apto a vencê-los.

Na vida a dois, é natural o contratempo. Eles vão se sucedendo, e, resolvido um, surge outro, e mais outro, e aí é preciso bom-senso e um toque de humor a fim de superá-los. É impossível viver sem que haja imprevistos, acidentes, dramas variados e decisões que precisam ser tomadas rapidamente.

Diante de tantos fatos que ocorrerão na vida a dois, é até infantilidade esperar uma vida sem atropelos e erros, enganos e quedas, frustrações e desequilíbrios. Isso ocorrerá, quer queiram ou não os noivos esperançosos. São fatos que fazem parte da vida de todo mundo e ninguém há que esteja isento de imprevistos e sofrimentos inevitáveis.

É impossível viver casado por 10, 20 ou 50 anos livre de desentendimentos, repleto de felicidade e calmaria sem fim. Dizem até que, se há casal sem problemas, este com certeza tem alguma coisa errada. Porém é preciso ressaltar a grande distância entre debater idéias e agredirem-se até faltar com o respeito.

A agressão física mereceria um capítulo à parte, pois é inadmissível que alguém esteja sujeito a um tipo de atitude como esta. Chegando a esta fase, significa que nada mais há entre os dois e que fica quase impossível uma nova tentativa de renovação. Nada justifica a agressão física ao cônjuge. Absolutamente nada.

Porém é importante destacar que todo casal deverá estar munido da capacidade de perdoar. Caso contrário, a vida seguirá para dias nublados, fins de semana aborrecidos, noites maldormidas e festas terminadas em brigas. Além de tudo, quem não perdoa, carrega o peso dos ressentimentos que o tornam triste, levando-o a tornar-se uma pessoa amargurada.

Na vida conjugal é impossível a convivência harmoniosa sem a presença do perdão. Ele agirá sempre em benefício do casal a fim de que alcancem o porto seguro das alegrias e realizações a dois. O perdão deverá acompanhá-los em todo o percurso da vida e será o companheiro que irá fazer os consertos no barco do casamento, garantindo assim que ele não fique à deriva ou afunde.

O autor espiritual André Luiz, no livro *Estude e Viva*, recebido mediunicamente por Chico Xavier, escreveu que "é sempre possível achar a porta do entendimento mútuo, quando nos dispomos a ceder, de nós mesmos, em pequeninas demonstrações de renúncia a pontos de vista. Bondade no campo doméstico é a caridade começando de casa".

Quando perdoar é difícil...

Muita gente diz não conseguir perdoar. Para estes, o melhor a fazer é começar pelos pequenos erros do dia-a-dia. Não se pode dar muita importância a um copo que se quebra, um sapato deixado no corredor ou um esquecimento sem gravidade. Levar a vida a ferro e fogo é incendiar os dias com gritos e discórdias, e isso causa ferimentos graves e dores que poderiam ser evitados. Descontraia. E não seja assim tão exigente para com a vida nem para com os outros.

A receita é aplicável a ambos, porém, nem todo dia a pessoa está bem humorada e disposta a pacificar e perdoar. Então, diante do inesperado, do prejuízo suportável ou de pequenos aborrecimentos, que pelo menos um dos dois sorria diante do mal-entendido. De vez em quando, diante de algum fato irremediável, a frase "deixa pra lá" dá um toque todo especial ao relacionamento afetivo. Ficar resmungando o tempo todo e, no outro, dia retornar com a cobrança, é colocar em risco toda a harmonia do lar.

É de pequenas coisas que se constrói um bom casamento. Mas igualmente por bagatelas também se destrói. E quando chegarem os momentos decisivos, aqueles que exigirão maior dose de perdão e renúncia, quem não se preparou nos pequenos gestos, fatalmente irá sucumbir. André Luiz, no mesmo livro citado acima, ressalta que "a ciência do perdão, todavia, tão indispensável ao equilíbrio quanto o ar é imprescindível à existência, começa na compreensão e na bondade, perante os diminutos pesares do mundo íntimo".

Um fato interessante sobre o perdão é que aquele que o consente se sente mais feliz do que aquele que recebe. Quem não perdoa, começa a carregar o peso da mágoa, da revolta e do orgulho ferido. E esses sentimentos "pesam" no coração muito mais do que a própria agressão sofrida. E quanto mais ressentimentos, tanto maior o peso a carregar pelos caminhos da vida.

Dizem que errar é humano, mas perdoar é divino. É verdade, pois, somente almas nobres conseguem realmente perdoar e seguir em frente. Quem oferece o perdão fica em paz consigo mesmo e se livra de muitos males. E aquele que não perdoa, algema-se ao passado e se prende ao momento em que ocorreu a agressão. Não raro, passa a vida relembrando o fato e com isso aumenta a revolta, a tristeza e os males que advêm aos que transportam sentimentos negativos.

Assim, quem se casa, deverá incluir no enxoval a virtude do perdão, sabendo que terá de usá-lo muitas vezes, sem deixá-lo esquecido no fundo de uma gaveta. É sentimento de uso quase diário neste mundo tão contraditório e no meio de pessoas de difícil entendimento. É ferramenta que não se desgasta, pois, quanto mais se usa, mais apta está à sua função.

Então, relaxe e não leve a vida tão a sério. Sorria, descontraia-se e perdoe os erros da sua cara-metade como também deseja que os seus sejam perdoados. Aceite os reveses da vida com mais naturalidade. Dê ao companheiro uma segunda ou terceira chance. Males pequeninos só se tornam grandes para quem gosta de fazer tempestade em copo d'água.

Tenha certeza de que todo dia é dia de recomeçar, que é preciso continuar sempre sem desistir, e, além de tudo, saiba que a vida pode ser interrompida a qualquer momento, sem dar tempo de perdoar a quem o ofendeu. Deixe-se levar pelo contagiante gesto do perdão e alce o vôo de quem é livre e feliz sem se prender à vingança ou revolta, nem mágoa ou ressentimentos.

Almas afins são consolidadas no perdão e na renúncia, com paciência e perseverança. Isso porque, antes de serem espíritos ditosos ou felizes, os humanos precisam ser honestos e humildes, caridosos e tolerantes, e só então externarão nos gestos e palavras todas as virtudes que conquistaram nas várias vidas sucessivas.

Unindo-se dois seres com essas disposições, serão conhecidos na Terra pela harmonia no lar, pela ventura que gozam e pelo amor que repartem com o próximo. Se existe receita para que um casal seja feliz, certamente que os ingredientes principais são o perdão, a compaixão, a tolerância e a paciência.

Sócrates, o grande filósofo grego, ensinava a seus discípulos duas regras básicas e principais: "Conhece a ti mesmo", é uma delas. "Nada em excesso", a segunda. Conhecendo a si mesmos, todos perceberão as próprias fragilidades, imperfeições e quanto ignoram das Verdades Eternas, reconhecendo

Felizes para sempre

também que estão sujeitos ao erro e dependentes do perdão do próximo. E utilizando-se dos recursos da vida sem excesso, encontrarão o equilíbrio pautando sempre suas ações, tanto no aspecto físico quanto no aspecto moral. Não cometerão abusos que prejudiquem a si mesmos nem aos outros.

No livro *50 Anos Depois*, psicografado por Chico Xavier, Emmanuel ensina que "o reino de Jesus deve ser fundado sobre os corações, sobre as almas, e não poderá conciliar-se nunca, neste mundo, com qualquer expressão política de egoísmo humano ou de doutrinas de violência que estruturam os estados da Terra".

Portanto o perdão sempre será luz, iluminando os caminhos e os corações dos homens.

Segue, à guisa de ilustração, esta bonita história acerca do perdão, extraída de um conto árabe.

Aprende a escrever na areia

Dois amigos, Mussa e Nagib, viajavam pelas estradas, entre sombrias montanhas da Pérsia, acompanhados de seus ajudantes, servos e caravaneiros.

Certa manhã, eles chegaram às margens de um rio, onde era preciso transpor a corrente ameaçadora. Ao saltar de uma pedra, o jovem Mussa foi infeliz, falseando-lhe o pé e precipitando-se no torvelinho espumejante das águas revoltas. Teria ali morrido arrastado para o abismo se não fosse

Nagib, que, sem hesitar, atirou-se na correnteza e, lutando furiosamente, conseguiu trazer a salvo o companheiro de jornada.

O que fez Mussa? Chamou aos seus mais hábeis servos e ordenou-lhes que gravasse numa pedra esta legenda: "Viandante! Neste lugar, durante uma jornada, Nagib salvou heroicamente seu amigo Mussa".

Seguindo viagem de regresso às terras, sentados numa areia clara, puseram a conversar e, por motivo fútil, surge, de repente, uma desavença entre os dois companheiros. Discordaram, discutiram, e Nagib, num ímpeto de cólera esbofeteou brutalmente o amigo.

O que fez Mussa? O que farias tu em seu lugar? Mussa não revidou a ofensa. Ergueu-se e, tomando tranqüilo seu bastão, escreveu na areia clara: "Viandante! Neste lugar, durante uma jornada, Nagib, por motivo fútil, injuriou gravemente seu amigo Mussa".

Um dos seus ajudantes observou, respeitoso:

— Senhor, da primeira vez, para exaltar a abnegação de Nagib, mandaste gravar para sempre, na pedra, o feito heróico. E agora que ele acaba de ofender-vos tão gravemente, limitais a escrever na areia incerta o ato de covardia?! A primeira legenda ficará para sempre. Todos os que transitarem por esse sítio dela terão notícia. Esta outra, porém,

Felizes para sempre 99

riscada no tapete da areia, antes do cair da tarde terá desaparecido como um traço de espumas entre as ondas do mar..."

Voltando-se ao servo, respondeu Mussa:

— É que o benefício que recebi de Nagib permanecerá para sempre em meu coração. Mas a injúria, essa negra injúria, escrevo-a na areia com um voto para que depressa se apague e mais depressa ainda desapareça de minha lembrança.

****

Assim é, meu amigo! Aprende a gravar na pedra os favores que receberes, os benefícios que te fizerem, as palavras de carinho, simpatia e estímulo que ouvires. Aprende, porém, a escrever na areia as injúrias, as ingratidões, as ofensas e as ironias que te ferirem pela estrada da vida. Aprende a gravar, assim, na pedra, e aprende a escrever, assim, na areia.

Muitas vezes as pessoas são egocêntricas,
ilógicas e insensatas.
Perdoe-as assim mesmo.
(...) Dê ao mundo o melhor de você,
mas isso pode nunca ser o bastante.
Dê o melhor de você assim mesmo.
Veja você que, no final das contas, é entre você e Deus.
Nunca foi entre você e as outras pessoas.
Madre Teresa de Calcutá

CAPÍTULO VIII

Quem manda aqui?

(...) quantos são os que acreditam amar perdidamente porque julgam apenas as aparências e, quando são obrigados a viver com as pessoas, não demoram a reconhecer que era apenas um interesse material! Não basta estar apaixonado por uma pessoa que vos agrada e na qual acreditais haver belas qualidades. Só vivendo realmente com ela podereis avaliar.

E aliás, quantas uniões que a princípio parecem inviáveis e que, quando ambos se conhecem melhor e se analisam, se transforma num amor terno e durável, porque está assentado na estima! Não se deve esquecer que é o Espírito que ama, e não o corpo, e que, quando a ilusão material se dissipa, o Espírito vê a realidade.

Há dois tipos de afeição: a do corpo e a da alma, e muitas vezes costuma-se tomar uma pela outra. A afeição da alma, quando pura e simpática, é durável; a do corpo é perecível. Eis por que, muitas vezes, os que acreditavam amar-se com amor eterno acabam se odiando, quando a ilusão se desfaz.

(Questão 939 de O Livro dos Espíritos
– Allan Kardec – Editora EME)

Quem manda aqui?

Quem humilha os outros, será humilhado pela própria consciência, e o instituto universal das reencarnações funciona igualmente para todos, premiando os justos e corrigindo os culpados. Cada falta exige reparação. Cada desequilíbrio reclama reajuste.
Roteiro – Emmanuel (Chico Xavier)

Todo aquele que se casa espera encontrar no casamento realizações acalentadas pelo coração sonhador. Parte em busca de dias venturosos na certeza de que somente junto à pessoa amada, a quem se uniu, será possível a felicidade. Os primeiros momentos são vividos com gestos de gentileza e respeito mútuo. Risos e festas, passeios, e as horas em casa em franca harmonia.

Mas, nem tudo acontece como foi previsto ou sonhado. Os dias se sucedem e a vida conjugal começa a exigir de ambos novas posturas, compromissos a dois, e com certeza chegarão também os imprevistos...

Quando estão na fase do namoro, tudo lhes sorri. A harmonia predomina seus diálogos e há uma certeza de que o futuro trará muitas venturas. Os dias são leves e promissores. Se outros casais não se deram bem no casamento, com eles será diferente, dizem, pois se amam verdadeiramente. Estes são os anseios dos nubentes. É é bom que assim seja. Porém, melhor seria que cada qual se precavesse quanto aos reveses que a vida proporciona. Preparar-se intimamente não faz mal a ninguém, a fim de munir-se de sentimentos nobres capazes de nos ajudar a superar dificuldades e fatos não presumíveis. E são tantos!

Na fase do namoro, mesmo quando há divergências de conceitos ou diferenças mais acentuadas nas atitudes ou no jeito de viver, ambos pensam que o amanhã será mais ditoso e descartam a possibilidade de fracasso. Afinal, eles se amam tanto! E argumentam, dizendo que o casamento corrigirá tudo e que não haverá problemas.

Já foi dito por alguém que as mulheres se casam pensando que o homem vai mudar, e os homens se casam pensando que a mulher não vai mudar. No entanto, o que ocorre? Geralmente o homem não muda, e continua o mesmo. Se era desligado, rude, inconseqüente e tinha algum vício, passados os primeiros momentos do casamento, a mulher descobre que ele não mudou mesmo. E a mulher, antes delicada e atenciosa, sempre prestativa no desejo de agradar a toda hora, depois se apresenta egoísta e nervosa. Conversa somente usando palavras ásperas e indelicadas, além de desafiá-lo como nunca antes fizera.

Evidentemente, esta não é a definição de todos os casados. Porém é o que mais se ouve da maioria dos casais que passam por problemas conjugais. É comum ouvi-los dizer que esperavam fosse o seu casamento diferente. Então, o que aconteceu? O que deu errado?

O autor espiritual André Luiz, na obra *Sinal Verde*, pelas mãos abençoadas de Chico Xavier, observa que "a paisagem da Terra se transformaria imediatamente para melhor se todos nós, quando na condição de espíritos encarnados, nos tratássemos, dentro de casa, pelo menos com a cortesia que dispensamos aos nossos amigos. Enfeite seu lar com os recursos da gentileza e do bom humor". Realmente é o que tem faltado na maioria dos lares!

Presume-se ser o casamento a união não só de corpos como também de almas, ideais, sonhos e virtudes. Quando namorados, talvez não dispusessem de tanto tempo, mas agora, unidos, esperam desfrutar mais tempo juntos. Com isso, todo noivo pensa que o que era bom ficará ainda melhor, e ambos esperam encontrar no outro tudo aquilo que irá completá-los e fazê-los felizes.

Mas o mundo se encontra repleto de separações, traições, como também de casais infelizes, resultando insatisfação estampada em muitos olhares angustiados e tristes. É comum nos dias de hoje, tanto o homem quanto a mulher casarem mais de uma vez, e até mais. Isto significa que o relacionamento anterior não deu certo; porém, ninguém está disposto a viver sozinho. Daí a busca de um novo parceiro que corresponda às suas expectativas íntimas de felicidade e paz.

Felizmente, os fracassos do passado jamais foram empecilho para que o homem e a mulher continuem buscando-se, a fim de viverem uma possível vida a dois em paz. Pelo contrário, vêem na derrota o aprendizado para que no próximo relacionamento, não repitam os erros anteriores. É · de praxe, portanto, que homens e mulheres somente se realizem em seus sentimentos um ao lado do outro.

E todo mundo sabe que, se um casamento não deu certo, o motivo não foi o casamento em si. Os culpados são as pessoas envolvidas no fracasso, se é que se pode chamar de fracasso uma união que não tenha dado certo. Talvez o correto fosse dizer que ambos estavam enganados quanto às expectativas de um e do outro.

Não há como negar. Todo mundo ama os filhos, os pais e os irmãos, amigos e familiares. Mas sempre haverá a busca dos sentimentos de marido e esposa, da troca de energias sexuais. É o seu complemento

Felizes para sempre 107

justo, a luva para a mão e a roupa para o corpo. É a carência saciada, o desejo saturado e a entrega a alguém de corpo e alma. Isso tudo fala alto no íntimo de todo ser humano.

A vida a dois está cheia de alegrias e lágrimas, vitórias e derrotas, realizações e frustrações. Felizmente, observando a maioria dos casais, chega-se à conclusão de que as alegrias sobrepõem-se às tristezas, assim como as vitórias são maiores do que as derrotas. Isso porque os casamentos que se desfazem ainda são minoria, o que leva a crer que essa ainda é uma instituição válida e importante na vida humana.

Mas, por que há os que se separam? E outros que permanecem juntos, porém angustiados e "suportando" um ao outro? Sem dúvida, há infinitos motivos para que um casamento acabe ou esteja sempre na corda bamba.

É inegável, porém, que um dos fatores principais da causa mortis das uniões infelizes seja a disputa pelo poder. Afinal, quem manda aqui? Em muitos lares há uma guerra declarada contra o "inimigo" cônjuge, e a vontade de vencê-lo é feroz. Disputa-se palmo a palmo esse território. Cada qual defende-se com unhas e dentes e nenhum deles se entrega, mesmo que isso signifique o risco de ambos naufragarem. Morrem juntos, mas não abrem mão do seu jeito de ser e de suas opiniões.

É comum ouvir alguém dizer: "Eu nasci assim, cresci assim e vou morrer assim." Ou mesmo:

"Sou deste jeito. Querendo ou não, terão que me suportar". Infelizmente, essa pessoa está assinando a própria solidão ou infelicidade, pois é regra básica de um bom convívio social que todos se esforcem para ser agradável e não invadir direitos alheios. Há uma tendência, principalmente no homem, de querer dominar as pessoas a qualquer custo. Em O Evangelho Segundo o Espiritismo, Cap. IX, há importante alerta, que pode também ser indicado àquelas mulheres dominadoras. O texto diz que "a essa classe pertencem ainda esses homens que são benignos fora de casa, mas tiranos domésticos, que fazem a família e os subordinados suportarem o peso do seu orgulho e do seu despotismo, como para compensar o constrangimento a que se submetem lá fora. Sua vaidade se satisfaz com o poderem dizer: "Aqui eu mando e sou obedecido", sem pensar que poderiam acrescentar, com mais razão: "E sou detestado".

Por isso, a gentileza é a melhor receita de quem deseja harmonia e paz. As atitudes amenas, as palavras de ternura, o sorriso de compreensão e os gestos suaves trazem harmonia para qualquer ambiente. Novamente recorrendo a André Luiz, o autor espiritual adverte, no livro *Agenda Cristã*, recebido por Chico Xavier, que "não basta que sua boca esteja perfumada. É imprescindível que permaneça incapaz de ferir. Amar não é desejar. É compreender sempre, dar de si mesmo, renunciar aos próprios caprichos e sacrificar-se para que a luz divina do verdadeiro amor resplandeça".

Portanto os cônjuges que agem de uma forma inconseqüente, sem importar-se com o que esteja causando ao seu parceiro, que se preparem, porque, se viverem como se estivessem agarrados a um cabo-de-guerra, ambos serão derrotados. Na vida a dois só existe harmonia quando ambos aprendem a ceder.

O caminho a ser percorrido no casamento é longo e cheio de dificuldades e imprevistos. É melhor, pois, tornar o cônjuge uma companhia agradável durante a viagem e não um adversário a ser vencido. Viajar a dois, como cúmplices um do outro, é bem mais saudável, pois dividem as dificuldades, somam as alegrias e evitam-se muitos momentos desagradáveis de desafios e debates causadores de mágoas e lágrimas.

Conviver com alguém que tudo critica buscando diminuir o outro é, no mínimo, frustrante. Se ambos desejam que suas vontades sempre predominem, as brigas serão constantes e inevitáveis. No lar, onde a autoridade ou o despotismo quer falar alto, a harmonia foge depressa para não discutir.

Muitas vezes um dos dois diz agir assim para o bem do outro, pois o ama e quer preservar o casamento. Porém, quem controla tudo, acaba perdendo o controle, e aí o caldo entorna. Mandar não é o melhor caminho para conseguir que o outro faça o que se deseja. No médio prazo, pode até funcionar, mas com o passar do tempo tudo se complica, e o futuro do casamento fica comprometido. A cobrança gera afastamento e esfria os sentimentos mais sinceros.

Há aqueles que impõem condições pra tudo, e a palavra de ordem é "se". Afirmam: "Só vou se você não beber"; "só farei isso se você fizer aquilo", "só irei à festa se voltarmos quando eu decidir."

Hoje em dia, casamento estruturado em ameaças e cobranças é como fogo na palha. Não dura muito, pois ninguém está disposto a viver em regime militar ou amordaçado em suas vontades, restringindo a própria liberdade.

Na convivência a dois é fundamental a cumplicidade. É ser cúmplice sincero sem bajulações. No lazer do outro, no gosto e nas preferências, sem que, com isso, precise abrir mão dos próprio querer. Apoiar e incentivar aquilo que julga um bem para o outro e respeitá-lo sem anulá-lo ou anular-se. Se for preciso opinar, que seja com respeito e carinho, sem ferir ou condenar.

É natural que entre os dois haja divergências de opiniões. Mas que nenhum queira modelar o outro como gostaria que fosse. Pensar diferente e não gostar das mesmas coisas não significa que viverão desentendimentos e acusações. Se há respeito e admiração pelo cônjuge, tudo se resolve sem "invasões" ou mesmo discussões, desarmonia e lágrimas.

Um detalhe que os cônjuges não devem esquecer é que todo mundo gosta de se ver alvo de

Felizes para sempre 111

admiração e atenções, e um carinho ou chamego não faz mal a ninguém. Quem assim se vê, acaba se sentindo valorizado e fica de bem com a vida, e, certamente, retribuirá da mesma forma tudo o que recebe do cônjuge. Por isso, palavras de incentivo e apoio, gestos de reconhecimento pelo sucesso em algum fato são fatores decisivos para as alegrias do lar.

O barco do casamento possui dois remos, um de cada lado. Se um só remar com os dois remos, logo cansará e o barco ficará à deriva. Se um remar e o outro não, ficará dando voltas. Então o melhor é ambos se juntarem, cada qual pegar o seu remo e seguir viagem pelo mar da vida. Nesse barco não deve haver o que "manda" e aqueles que "obedecem". Todos devem contribuir para que a viagem alcance o porto da harmonia.

A ternura e a delicadeza abrem quase todas as portas. Nem a porta do coração mais insensível suporta a sua sedução e acaba entregando os pontos. Usando esses artifícios, a viagem da vida a dois certamente será mais prazerosa. Sendo um o apoio do outro e seu cúmplice verdadeiro, o ambiente far-se-á ameno e o porto seguro da paz será um dia alcançado.

Quando falares, cuida-te para que tuas palavras sejam melhores do que o silêncio.
Provérbio indiano.

CAPÍTULO IX

Religião

O objetivo da religião é conduzir o homem a Deus; ora, o homem só chega até Deus quando está perfeito; portanto, toda religião que não torna o homem melhor, não atinge o objetivo. Aquela sobre a qual se acredita ser possível apoiar-se para fazer o mal ou é falsa, ou foi falseada em seu princípio. Tal é o resultado de todas as religiões em que a forma supera o fundo. A crença na eficácia dos sinais exteriores é nula se essa crença não impede de cometer assassínios, adultérios, espoliações, dizer calúnias e fazer qualquer tipo de mal a seu próximo. Ela faz supersticiosos, hipócritas ou fanáticos, mas não faz homens de bem.

Não basta, pois, ter as aparências da pureza; é preciso, acima de tudo, ter a pureza do coração.

(OESE – *Cap. VI - Allan Kardec – Editora EME*)

Religião

Deve partir do cônjuge de fé sincera a iniciativa de patentear a qualidade das suas convicções, em casa, pelo convite silencioso a elas, através do exemplo.
Estude e Viva – André Luiz (Chico Xavier)

Não há de ser por falta de religião que o homem justificará sua ignorância quanto às causas e coisas de Deus. Somando seitas, filosofias e religiões, existem milhares dispersas por toda a Terra, e alguma haverá que satisfaça os anseios de quem deseja orientar-se dos valores espirituais.

Infelizmente, não se pode negar a ineficácia das religiões em resolver os problemas humanos no que tange a suas emoções, sentimentos, fobias, carências e anseios e, principalmente, dúvidas quanto à vida depois da vida. Para a grande maioria das religiões, os problemas que se originam na alma, e a conseqüente solução, ainda são um mistério.

Por isso, o homem ainda transita entre as misérias do corpo e da alma, pois as religiões muito pouco têm feito para iluminar a estrada humana e conciliar os povos de diferentes crenças. Quase todas as religiões estão mesmo envolvidas pelo reino da Terra, esquecidas do Reino dos Céus, que deveria ser a causa primeira, talvez única, de seus princípios. Há uma árdua disputa pela conquista de fiéis. E a preocupação com a quantidade de adeptos e expansão territorial está acima da preocupação com a qualidade de vida e esclarecimento de seus seguidores. Templos suntuosos, a exibirem luxo e poder, espalham-se por todo o mundo.

No entanto, o que se vê? Homens e mulheres infelizes, guerras sangrentas, crianças abandonadas, fome espalhada por toda a Terra e religiosos que não se entendem e menos ainda se suportam.

Por que isso ocorre? Qual o motivo que leva pessoas, que dizem amar a Deus, a não se respeitarem? Por que se fabricam tantas armas e não se faz distribuição regular de alimentos aos miseráveis? Não seria normal que ocorresse o contrário? Os religiosos não deveriam viver em harmonia, ajudando-se uns aos outros em suas deficiências? As pessoas de todo o mundo já receberam informações suficientes de suas religiões quanto à necessidade do amor ao próximo, mas...

O mundo moderno oferece atualmente à

Felizes para sempre 117

humanidade as condições necessárias para uma vida feliz e saudável para todos. A medicina tem altos índices de prevenção e cura, a informação tecnológica é rápida e de fácil acesso, a indústria, como um todo, fabrica objetos modernos para o uso diário, os meios de transporte são seguros e os direitos de cidadão nunca estiveram tão prestigiados.

Então, o que está faltando? Apesar de todo avanço, as pessoas estão solitárias, tristes, estressadas, tensas, infelizes e carentes. E tudo isso não raro afeta o equilíbrio emocional de milhões, fazendo com que busquem os psicotrópicos e os calmantes, quando não se enveredam para o despenhadeiro do vício de difícil retorno.

Em verdade, todos os homens têm religião. No entanto ainda não seguem seus preceitos. Dizem ter fé, porém falta-lhes a caridade vivida nos atos de cada dia. O autor espiritual Emmanuel, no livro *Cartas ao Coração*, ditado ao médium Chico Xavier, ensina: "Se desejas estender as claridades de tua fé, lembra-te de que o Mestre precisa crescer em teus atos, palavras e pensamentos, no convívio com todos os que te cercam o coração". É o que está ausente no que se refere à religião de cada um.

O espírita não tem do que se queixar. A Doutrina oferece esclarecimentos das causas e das coisas, tanto física quanto espiritual. Explica os problemas do ser, do destino e da dor e aponta soluções para a felicidade relativa que se pode alcançar na Terra.

Mas, infelizmente, no recinto doméstico as crises religiosas também ocorrem. Se os consortes seguem religiões diferentes, a guerra para provar que a própria é a melhor, torna-se intensa e perigosa, muitas vezes levando-os a discussões acirradas, em que cada qual deseja ser o único portador da verdade. Pode também acontecer um clima de indiferença, a fim de evitar confrontos.

É uma situação delicada, e o casal não se pode deixar levar pela onda de fanatismo. Defender sua religião, condenando as demais, é limitar o Amor da Providência Divina, que ampara a todos, não importando a crença, cor, raça ou condição social. Quem mais compreende a sua religião, menos se atreve a mudar a dos outros. Respeita toda manifestação de fé, sem ver nisso obstáculos para a harmonia conjugal.

No livro *Estude e Viva*, citado, André Luiz assevera, com muita propriedade: "Quem deseje modificar a crença do companheiro ou da companheira, comece a modificar a si mesmo, na vivência da abnegação pura, do serviço, da compreensão, do bom senso, salientando aos olhos do outro ou da outra a capacidade de renovação dos princípios que abraça".

Com efeito, a convivência fraterna irá demonstrar o quanto ambos compreenderam os postulados religiosos que defendem, colocando acima de tudo os ensinos divinos do Cristo, que pede nos amemos uns aos outros. E isso todas as religiões pregam, não é mesmo? Ou será dever do adepto amar somente aos que partilham os mesmos princípios de fé?

O erro pode ter sua procedência nos dirigentes religiosos, quando fanáticos passam aos seus adeptos a suposta versão de que somente eles estão certos e, portanto, salvos. Dessa forma, sem perceberem, todos se julgam únicos portadores da verdade e isso já os coloca em flagrante colisão com ela. Se todos estão certos, quem estará errado? Não é contraditório?

O casal desejoso de viver em harmonia deve levantar a bandeira da paz, que, infelizmente, nem sempre é erguida. Lutar, sim, não pela predominância dessa ou daquela religião, porém para que a religiosidade seja predominante no lar, repercutindo alegria nos filhos.

Pode-se afirmar que o preconceito religioso é um dos mais fortes, causando separações dolorosas, mesmo entre aqueles que se amam. A história mundial está repleta de guerras que tiveram suas causas nas divergências religiosas. Portanto, o casal deve atentar para os perigos do fanatismo e acautelar-se em suas respectivas investidas.

É preciso salientar que a religião na Terra é apenas o nome de sua fé. Religiões diferentes são convencionalismos humanos, e seu papel é organizar grupos variados. Para tanto, necessita-se de um nome ou um símbolo cujo fim é levar o homem a vivenciar os princípios éticos e morais contidos nas Leis de Deus.

120   *Jamiro dos Santos Filho*

É sempre oportuno perguntar: qual a religião de Jesus? Seguramente, sem receio de errar, é o Amor. Este sentimento, o mais puro a que o homem pode aspirar, e do qual o Mestre se fez modelo para toda a humanidade, sem distinção de raça, nacionalidade ou crença.

Quem afirma ter uma religião deve, por obrigação, dar exemplo de sua fé através do amor ao próximo, da tolerância para com o jeito de ser do outro e do perdão às ofensas. Não cabe a religioso algum impor sua fé ou constranger a quem quer que seja a segui-lo. O importante não é ter uma religião, e sim seguir uma religião.

O casal disposto a viver sua fé deverá compensar suas diferenças doutrinárias pela caridade vivenciada dentro do lar em cada gesto ou palavra. O respeito deve sobressair-se sempre, a fim de proporcionar a paz do cônjuge para que expresse sua fé como pede o seu coração. Nas manifestações da fé, duelos, pontos de vista e discussões calorosas demonstram que a crença é apenas clarão na noite do fanatismo. Distribuindo a discórdia, ninguém semeia a paz.

É ainda André Luiz, pelas mãos de Chico Xavier, no livro *Sinal Verde*, quem diz: "Não sacrifique a paz do lar com discussões e conflitos, a pretexto de honorificar essa ou aquela causa da Humanidade, porque a dignidade de qualquer causa da Humanidade começa no reduto doméstico". Assim, ao homem ou à mulher unidos em casamento, fica

Felizes para sempre 121

evidente que não há justificativa alguma em tentar converter o cônjuge, à força, aos princípios de fé que elegeu para si.

Quanto às opiniões expressas com desrespeito, deve-se salientar o que disse alguém: o tolo fala, o sábio cala e o ignorante discute. E aquele que mais ama, mais cede em favor da harmonia. Se a palavra convence, o exemplo arrasta. E o que é bom para um, nem sempre é o melhor para o outro. É oportuno lembrar a delicadeza que o assunto de fé merece. É ainda André Luiz que esclarece esse aspecto: "Para os espíritas" – escreve o autor espiritual – "jamais será construtivo constranger alguém a ler certas obras, freqüentar determinadas reuniões ou aceitar critérios especiais em matéria doutrinária". Por isso, o bom-senso diz que o respeito à fé do outro deve imperar em todos os lares.

Todavia, se é delicada a questão do casal com religiões diferentes, a falta de religiosidade constitui quadro não menos grave. O homem na Terra ainda se encontra em estágios primários de aprendizado. Destarte, é preciso algo que o contenha em seus impulsos mais afoitos e agressivos. As religiões, em geral, cumprem esse papel de freio à violência ainda muito presente na criatura humana. Em vez da função educativa, a maioria das religiões utiliza, como instrumentos coercitivos, condenações, punições severas, suplícios e castigos, ameaças com penas eternas, os quais não têm produzido resultados satisfatórios.

Então, acontece de um dos cônjuges seguir determinada religião, enquanto o companheiro permanece ateu. E no desejo de atrair o cônjuge para a sua fé, o que é natural, procura um meio de conquista-lo. Porém deve atentar para os métodos utilizados e nem sempre terá êxito nessa empreitada.

No entanto é provado que as atitudes em casa geram mais simpatias do que a igreja, o templo, o centro espírita ou seus dirigentes. E André Luiz reforça dizendo, no livro *Estude e Viva*, citado à abertura. "O cônjuge é a pessoa mais indicada para revelar as virtudes de uma crença ao outro cônjuge. Um simples ato de bondade, no recinto do lar, tem mais força persuasiva que uma dezena de pregações num templo onde a criatura comparece contrariada."

Por fim, é indiscutível que o casal que segue a mesma direção e se dedica aos princípios da mesma fé estará com as diretrizes traçadas e o mapa da harmonia na mão. Basta ao casal colocar em prática toda a teoria aprendida, além da vontade de acertar mais e errar menos. Podem os consortes, envolvidos no turbilhão da vida, cair diante dos desafios; porém as probabilidades de se saírem vencedores são muito maiores do que outros em situações diversas...

Que saibam, pois, os casais, tirar proveito disso, a fim de semearem a semente de uma convivência feliz, seguindo o norte da fé e do amor em Jesus Cristo.

Felizes para sempre

É Emmanuel, através de Chico Xavier, no livro *Páginas do Coração*, quem diz: "A religião viverá entre as criaturas, instruindo e consolando, como um sublime legado. A religião é o sentimento divino que prende o homem ao Criador". E este é o princípio das almas afins, sem dúvida. Almas que desde já gozam da paz no lar, na satisfação íntima e nas realizações do espírito imortal que todos nós somos.

Diante das Leis de Deus três classes de pessoas erram: Os que não sabem e não perguntam.Os que sabem e não ensinam. Os que ensinam e não praticam.
Provérbio grego

CAPÍTULO X

Vicios

Nunca te permitas a assimilação do vício, na suposição de que dele te libertarás quando queiras, pois que se os viciados pudessem querer, não estariam sob essa violenta dominação.

Joanna de Ângelis (Divaldo P. Franco)

Vícios

O hábito inveterado na carne estabelece raios animalizadores.
Mensagens Esparsas – André Luiz (Chico Xavier)

O Dicionário da Língua Portuguesa define vício como "defeito grave que torna uma pessoa ou coisa inadequada para certos fins ou funções. Inclinação para o mal".

É lamentável observar como a humanidade se deixa dominar por diversos tipos de vícios, de variado gosto e gravidade, mas que redunda sempre em prejuízos, dor e às vezes até em mortes. O maior prejuízo dos vícios não está no que provocam em perdas materiais ao homem, mas, sim, no que eles acabam transformando o homem.

Por que algumas pessoas se deixam dominar

assim? Por que muitos se vêem fracos diante de seu vício? Será que o vício se tornou mais forte do que sua vontade de abandoná-lo? Ou será que falta vontade suficiente àquele que deseja deixar o vício? Estas perguntas possuem respostas tão distintas quantas são as pessoas que têm um vício. Sim, pois cada qual irá justificar a seu modo o motivo que o levou ao vício e por que não consegue deixá-lo. No entanto é muito fácil observar quem deseja ou não parar com seu hábito infeliz.

Infelizmente, mesmo entre as pessoas mais informadas quanto aos malefícios que um vício causa, encontra-se quem está preso a esta ou aquela droga. São aqueles que trabalham diretamente com os trágicos efeitos dos vícios – os médicos, enfermeiros, fisioterapeutas, farmacêuticos, psicólogos e psiquiatras. E ainda há os educadores que ensinam e propagam nas escolas o quanto o vício é porta larga para sofrimentos. Mas mesmo assim permanecem com eles. É difícil explicar, não é mesmo?

Pelas mãos de Chico Xavier, o autor espiritual André Luiz, no livro *Estude e Viva*, ressalta que "doença é abuso da saúde; vício é abuso do hábito; supérfluo é abuso do necessário, e egoísmo é abuso do direito. O uso exprime alegria, e do abuso nasce a dor". É um alerta que não se pode dispensar...

Talvez você, que passa os olhos nestas linhas, também tenha o seu vício e esteja pensando: "Ninguém tem nada com isso". Ou ainda: "A vida é minha, faço dela o que quero". Realmente, cada um é dono de sua vontade e construtor de seu próprio destino, porém há outras questões em jogo que não se podem desconsiderar. A partir do instante em que se sofre, há outros padecendo em torno. Todo mundo ama e é amado por alguém ou até mesmo por muitos. Conseqüentemente, quando alguém é acometido por um mal, jamais sofrerá sozinho. Então, por que não evitar? Não se diz que prevenir é melhor que remediar?

Uma prática comum na vida e nos hábitos de todo mundo é que só se deixa uma coisa por algo melhor. Avaliando os vícios e suas conseqüências, fica fácil saber o que fazer e que caminho seguir. Imagine um viajante que olha no horizonte da vida e enxerga raios e trovões, nuvens negras e ventos fortes. Logo constatará que grande tempestade acontecerá em certo momento, não é mesmo? Mas, olhando em outra direção, vê o sol brilhar, o céu azul e o vento brando lhe dizendo que por ali o tempo será suave e agradável. Nesse momento, o que faz aquele viajante? É fácil responder. Mas, infelizmente, muitos escolhem seguir rumo à tempestade. Enquanto lá não chegam, cantam e se divertem não dando ouvidos aos outros, que já sofreram as conseqüências da tempestade e retornam gritando: "Não vá por aí! Você irá sofrer, não vá".

No entanto eles seguem. E, lá chegando, acusarão o destino como causador de seu sofrimento. Maldirão a sorte ou azar, a sua má estrela ou mesmo a injustiça de Deus por lhes ter dado tanta dor! Você que segue esse raciocínio, o que acha? Você fuma, bebe ou joga? Talvez responda: "Bebo, mas não sou viciado". Ou mesmo: "Deixo de fumar quando quiser". Então, que tal querer hoje? Você diz que é dono da sua vida e o seu destino quem decide é você. É verdade, mas você é dono de sua vontade? Você decide o seu querer?

Então, experimente. Faça um teste. Tente mudar seu destino por você e por alguém que está ao seu lado. Pense no sofrimento que isto poderá causar no amanhã a você e aos seus amados e decida hoje por seu próprio bem. A autora espiritual Thereza de Brito, pela mediunidade de J. Raul Teixeira, no livro *Vereda Familiar*, faz um alerta dramático quando diz: "Ouve-se falar dos tormentos dos vícios, do tóxico, em particular, solapando as energias jovens, começando a destroçar a criança, ainda nas primeiras experiências infantis, enleando até mesmo os seus filhos na volúpia viciosa, e tantas vezes você não se interessa e, por isso, nada vê..."

É preciso atentar para esta realidade que está

Felizes para sempre 131

envolvendo muita gente em todo o mundo. A vida a dois em harmonia é quase impossível, quando o vício mora com o casal. É embaraçoso repartir o mesmo ambiente com o vício, pois ele é indelicado, indisciplinado e extremamente egoísta. Aquele que se deixa dominar, sabe que seu dominador é cruel, não pensa em ninguém e que nunca sacia sua vontade. Está sempre querendo mais...

Se os cônjuges bebem ou fumam juntos, também juntos serão responsáveis por afundar o barco do casamento, pois não raro os filhos seguem o exemplo dos pais, e, nesse caso, nem um, nem outro tem como dizer "faça o que digo e não o que faço". Muitos pais, tendo o próprio vício, dizem não admitir que seus filhos façam o mesmo. É incoerente, não é? Freqüentemente, eles seguirão os mesmos passos dos pais. É ainda o venerando espírito Thereza de Brito que aconselha: "Mas, não olvide que todas as suas orientações, palavras e ensinos se esboroarão, ruirão por terra, se você apenas quiser ensinar, sem que viva, nobremente, os ensinos que ministra".

Pior mesmo é quando um dos dois tem o vício e o outro tem a vontade de ser feliz. O viciado não se importa, enquanto o outro suporta. Quem não tem o vício, espera, sofre, chora e acaba aceitando a situação. Até quando não se sabe. É um jogo perigoso do qual muitos perdem a saúde, a família, o equilíbrio emocional, o emprego e, conseqüente, a paz financeira, enfim, as perdas são muitas...

Todo mundo tem seu próprio limite, e, quando atinge esse limite, "uma gota d'água" põe tudo a perder e chega ao fim essa união. Só então, nessa hora, o outro percebe que o casamento acabou, e, arrependido, diz que agora vai deixar o vício. Por que não o deixou antes? Por que não evitou anos e anos de sofrimento e lágrimas, brigas e desentendimentos?

Emmanuel, pelas mãos de Chico Xavier, no livro *Mensagens Esparsas*, diz que "há necessidade de iniciar-se o esforço de regeneração em cada indivíduo, dentro do Evangelho, com a tarefa, nem sempre amena, da auto-educação. Evangelizado o indivíduo, evangeliza-se a família; regenerada esta, a sociedade estará a caminho de sua purificação, reabilitando-se simultaneamente a vida do mundo".

Estudiosos, psicólogos e terapeutas têm estudado o comportamento humano a fim de encontrar as razões pelas quais o ser humano se envereda por estradas tão pedregosas e caminhos espinhentos. Os motivos são tantos quantos são os homens. Cada qual encontra seus motivos e justificativas, e muitos não estão com vontade de voltar atrás por se sentirem bem, por não terem motivo ou até mesmo por fraqueza.

No entanto todos sabem que o preço que se

Felizes para sempre 133

paga por ter um vício é muito alto. Além do custo financeiro para mantê-lo, há ainda os prejuízos físicos, mas, sobretudo, o sofrimento dos familiares é o pior, e esse não há preço que os compense.

Cabe àquele que tem um vício perguntar-se qual o motivo que o levou a essa dependência e saber se ainda vale a pena permanecer assim. Será que não há razões muito mais fortes para abandonar esse mal que tanto prejudica a si e à família? Qualquer um, ao fazer essa pergunta a si mesmo, chegará à conclusão de que é preciso abandonar seu vício. Além de tudo, o espírita sabe que chegará o dia em que ele terá que abandoná-lo, ou de cá ou do outro lado da vida... Então, por que não fazê-lo agora?

O ser humano só costuma dar valor àquilo que não tem ou no que perdeu. Não espere perder a saúde para desejá-la. Há milhões em hospitais com doenças terminais, rogando a Deus uma nova chance, ou por mais um dia de vida a fim de provar que dão valor à vida e à família.

Não entre no jogo dos que propalam o prazer do vício. Isso é mentira, um ardil para mantê-lo dependente e, com isso, aumentar suas riquezas. Nenhum vício proporciona prazer sem causar prejuízos físicos de difícil cura. Nem afirme, como alguém desinformado: "Se eu tiver o vício, vou morrer; se não tiver, morrerei assim mesmo".

É evidente que, tendo ou não vícios, todo mundo

irá partir deste mundo. Resta saber de que forma cada um irá. Com o vício há grande possibilidade de ir mais cedo do que se imagina e com tormentos que só aquele que os conhece poderá contar como são. Então, por amor a quem o ama, deixe o vício e adquira um hábito saudável! Os mesmos recursos com que sustenta o vício, reverta-os ao hábito do lazer junto aos filhos, de passear em bom restaurante e degustar um bom prato pelo menos uma vez ao mês, de ler um bom livro que cause lágrimas de emoção e aprendizado.

Enfim, tenha também o hábito de ver e viver o lado bom da vida. E como aprendizado eterno, adquira o hábito de visitar doentes que foram atingidos por uma doença causada por um vício. O bonito da vida é isso: as pessoas não são iguais, não foram terminadas, por isso estão sempre mudando. Então, por que não mudar? Um dia você não tinha vícios e mudou. Agora, vale a pena mudar novamente, só que para melhor, conhecer outros prazeres, de verdade. Principalmente, saber que é capaz de enfrentar e vencer desafios, sair-se melhor em cada obstáculo e escolher caminhos floridos, onde a paz é a bagagem que o casal leva no dia-a-dia.

Thereza de Brito, no livro já citado, encerra dizendo que, "para orientarmo-nos pelo bem, pelo caminho correto, junto aos nossos afetos, não temos necessidade de diploma, mas, sim, de

Felizes para sempre 135

bom-senso e maturidade, aliados a uma profunda confiança em Deus. Os Espíritos avalistas da sua família acompanharão as suas lutas e dificuldades, limitações e empenhos, suprindo onde seja necessário, a fim de que você consiga avançar, cooperando com o Criador de modo efetivo e mais afetivo, alcandorando-se com os seus educandos bem-formados".

O homem é a principal fonte de
seu próprio infortúnio.
Provérbio chinês

Palavras finais

Qual seria o efeito da abolição do casamento
na sociedade humana?
— *Uma regressão à vida dos animais.*
A união livre e casual dos sexos é o estado de Natureza. O
casamento é um dos primeiros atos de progresso nas sociedades
humanas, porque estabelece a solidariedade fraternal e se
encontra em todos os povos, embora em condições diversas. A
abolição do casamento seria, portanto, o retorno à infância da
humanidade, e colocaria o homem até mesmo abaixo de certos
animais que lhe dão o exemplo de uniões constantes.
(Questão 696 de O Livro dos Espíritos –
Allan Kardec – Editora EME)

Palavras finais

Passamos a metade de nossas vidas esperando aqueles que amamos, e a outra metade a deixar aqueles que amamos.

Victor Hugo

Tudo o que foi dito nas páginas anteriores é apenas uma pálida orientação aos casais sedentos daquilo que facilite a vida a dois. É natural desejarem união familiar, satisfação sexual, realizações profissionais e se sentir-se bem no contexto social em que vivem.

Muito mais é preciso dizer, e outros autores certamente já o fizeram ou ainda o farão, contribuindo cada qual com suas obras, proporcionando a todos um roteiro seguro, a fim de que os casais possam alcançar a harmonia conjugal.

E harmonia conjugal não significa ausência

140   Jamiro dos Santos Filho

de problemas mas sim, disposição e concórdia no propósito de solucioná-los. Dissabores, enganos, quedas e aborrecimentos em geral são acontecimentos naturais que todo casal encontrará pelos caminhos do casamento.

Mas, resta ainda dizer que os maiores conflitos não acontecem com duas ou mais pessoas, e sim entre o indivíduo e ele próprio. Para quem não está bem consigo mesmo, o mundo se lhe apresenta repleto de problemas, e as outras pessoas se mostram sem qualidades que mereçam respeito.

Para essas pessoas que não estão de bem consigo mesmas, a receita não está contida nas dicas da harmonia conjugal, mas na busca dos motivos pelos quais estão se sentindo infelizes, sem motivações para viver e sem aproveitar as belezas que a vida oferece.

Por isso é preciso procurar o equilíbrio íntimo, gostar de si mesmo e ter vontade de viver. Olhar as belezas do mundo e admirar as coisas simples. Ter consciência de que todos são falíveis. Saber sorrir e ter coragem de chorar. Aceitar a derrota e começar de novo, incansavelmente.

Quem escolheu alguém para compartilhar seus dias, deve saber que ninguém foi criado perfeito ou terminado. E está aí o segredo da vida feliz: a possibilidade de contribuir na construção de um mundo melhor e no aprendizado de quem está ao seu lado. Todos estão aprendendo.

Há muitas emoções em torno de cada ser.

Todos têm sua história e muito por aprender, como também ensinar. Infelizmente, ainda existem aqueles que não valorizam a vida, e há outros que estão em desespero nos hospitais pedindo ao Pai Criador mais uma chance para viver.

E há também aqueles que assistiram impotentes à partida de pessoas que amavam e hoje choram de saudades...

Por isso, viaje feliz pela vida. Saboreie os desafios que a vida propõe, cante cada vitória conquistada, porém saiba também perder e tire boas lições em cada fracasso.

E pense bem: se tudo estivesse pronto, a vida não teria graça nenhuma. Por isso, quando os problemas surgirem, não pense que a vida acabou, nem se desespere, tudo passa.

Por fim, reconheça que ninguém consegue ser feliz sozinho, e por isso o Pai Criador fez o homem e a mulher. E a você, que tem o cônjuge a seu lado, o ultimo recado é de Victor Hugo, o grande poeta, dramaturgo e pensador francês. Diz ele:

O homem e a mulher

O homem é a mais elevada das criaturas.

A mulher, o mais sublime dos ideais.

Deus fez para o homem um trono; para a mulher, um altar.

O trono exalta; o altar santifica.

O homem é o cérebro; a mulher, o coração.
O cérebro produz a luz; o coração produz o amor.
A luz fecunda; o amor ressuscita.

O homem é o gênio; a mulher o anjo.
O gênio é imensurável; o anjo é indefinível.

O homem tem a supremacia; a mulher, a preferência.
A supremacia representa a força; a preferência representa o direito.

O homem é forte pela razão; a mulher é invencível pelas lágrimas.
A razão convence, as lágrimas comovem.

O homem é capaz de todos os heroísmos; a mulher de todos os martírios.
O heroísmo enobrece; o martírio sublima.

O homem é o código; a mulher o evangelho.
O código corrige; o evangelho aperfeiçoa.

O homem é um templo; a mulher, um sacrário.
Ante o templo descobrimo-nos; ante o sacrário, ajoelhamo-nos.

Felizes para sempre

O homem pensa, a mulher sonha.
Pensar é ter cérebro; sonhar é ter na fronte uma auréola.

O homem é um oceano; a mulher, um lago.
O oceano tem a pérola que embeleza; o lago, a poesia que o deslumbra.

O homem é a águia que voa; a mulher, o rouxinol que canta.
Voar é dominar o espaço; cantar é conquistar a alma.

O homem tem um fanal – a consciência; a mulher, uma estrela – a esperança.
O fanal guia, a esperança salva.

Enfim, o homem está colocado onde termina a Terra; a mulher, onde começa o céu.

Aquilo que pedimos aos céus, as mais das vezes se encontra em nossas mãos.
Shakespeare

Reflexões

Relacionamentos

A arte de não adoecer
(Dr. Dráuzio Varella)

Se não quiser adoecer – *"Fale de seus sentimentos"*.
Emoções e sentimentos que são escondidos, reprimidos, acabam em doenças como: gastrite, úlcera, dores lombares, dor na coluna. Com o tempo a repressão dos sentimentos degenera até em câncer. Então vamos desabafar, confidenciar, partilhar nossa intimidade, nossos segredos, nossos pecados. O diálogo, a fala, a palavra, é um poderoso remédio e excelente terapia.

Se não quiser adoecer – *"Tome decisão"*.
A pessoa indecisa permanece na dúvida, na ansiedade, na angústia. A indecisão acumula problemas, preocupações, agressões. A história humana é feita de decisões. Para decidir é preciso

148 Jamiro dos Santos Filho

saber renunciar, saber perder vantagem e valores para ganhar outros. As pessoas indecisas são vítimas de doenças nervosas, gástricas e problemas de pele.

Se não quiser adoecer – "Busque soluções".
Pessoas negativas não enxergam soluções e aumentam os problemas. Preferem a lamentação, a murmuração, o pessimismo. Melhor é acender o fósforo que lamentar a escuridão. Pequena é a abelha, mas produz o que de mais doce existe. Somos o que pensamos. O pensamento negativo gera energia negativa que se transforma em doença.

Se não quiser adoecer – "Não viva de aparências".
Quem esconde a realidade finge, faz pose, quer sempre dar a impressão que está bem, quer mostrar-se perfeito, bonzinho etc., está acumulando toneladas de peso... uma estátua de bronze, mas com pés de barro. Nada pior para a saúde que viver de aparências e fachadas. São pessoas com muito verniz e pouca raiz. Seu destino é a farmácia, o hospital, a dor.

Se não quiser adoecer – "Aceite-se".
A rejeição de si próprio, a ausência de auto-estima, faz com que sejamos algozes de nós mesmos. Ser eu mesmo é o núcleo de uma vida saudável. Os que não se aceitam são invejosos, ciumentos,

imitadores, competitivos, destruidores. Aceitar-se, aceitar ser aceito, aceitar as críticas, é sabedoria, bom senso e terapia.

Se não quiser adoecer – *"Confie"*. Quem não confia, não se comunica, não se abre, não se relaciona, não cria liames profundos, não sabe fazer amizades verdadeiras. Sem confiança, não há relacionamento. A desconfiança é falta de fé em si, nos outros e em Deus.

Se não quiser adoecer – *"Não viva sempre triste"*. O bom humor, a risada, o lazer, a alegria, recuperam a saúde e trazem vida longa. A pessoa alegre tem o dom de alegrar o ambiente em que vive. "O bom humor nos salva das mãos do doutor". Alegria é saúde e terapia.

Dez dicas para elevar sua auto-estima

1ª – Harmonize seu lar

Abra portas e janelas e comece uma limpeza. Inicie pelo guarda-roupa e armários, tire tudo e só guarde o que está realmente precisando. O resto, elimine da melhor forma que encontrar (doando, vendendo etc.). Faça isso em todas as dependências da casa ou escritório. Lembre-se, só fica o necessário! Roupas e objetos que estão sem uso perdem a função vital, bloqueando o fluxo de energia do meio ambiente. A falta dessa energia ou a energia parada adoece a casa, você e sua família. Faça isso periodicamente e com a consciência de que também estará fazendo uma faxina emocional.

2ª – Alimente-se com tranqüilidade

Respeite os momentos das refeições. Preste atenção no que está fazendo. Não assista TV e nem marque negócios para essa hora. Evite falar sobre problemas ou ao telefone. Acalme-se, olhe para o seu prato e lembre-se: o que está ingerindo irá para o interior das suas células e será parte de você, tanto física como mentalmente. Pense nisto, você precisa alimentar-se para viver e não viver para comer. Seja sóbrio na alimentação, muito verde, e cuidado com a bebida.

3ª – Preste atenção em você

Perceba os seus pensamentos e sentimentos. Ao longo do dia você tem milhares de pensamentos construtivos e negativos. Você não é os seus pensamentos, mas eles têm uma enorme força sobre a sua vida. Se você tem mais pensamentos negativos, isto demonstra que você é uma pessoa negativa, sua vida vai mal e as pessoas e situações que você atrai também estão na mesma freqüência de negatividade. Você pode mudar a sua vida, mudando a qualidade de seus pensamentos. Cultivando os pensamentos construtivos e elevados você vai sobrepor a negatividade do cotidiano. Enquanto você presta atenção no que está pensando, já tem maior autocontrole sobre a energia mental e conseqüentemente sobre sua vida. Procure ler frases de afirmações positivas e biografias de pessoas abnegadas e desprendidas. A leitura do Evangelho auxilia em muito a renovação mental.

4ª – Tenha objetivos e pense no bem espiritual

Tenha objetivos materiais e espirituais. Busque sempre melhorar a sua condição intelectual e financeira, planeje suas compras, quanto possível faça investimentos, realize viagens e busque aquilo que tiver vontade, mas lembre-se: nunca dependa dessas conquistas para viver emocionalmente bem. Elas não podem garantir isto! O verdadeiro bem-estar só é alcançado por meio dos objetivos espirituais. Vá à conquista de se tornar uma pessoa mais paciente, bondosa, serena, confiável e amiga, além de humilde, aberta, sincera e simples e, principalmente, uma pessoa que tenha fé e confiança na vida. Esses objetivos, e só esses, podem garantir o equilíbrio, a satisfação e a razão de viver.

5ª – Faça exercícios físicos e mentais

Escolha um exercício que lhe agrade, caminhar, dançar e nadar são os mais recomendados. Os exercícios estimulam o fluxo de energia vital, gerando além de um melhor condicionamento físico, uma ótima sensação de bem-estar. A prática de exercícios bioenergéticos como o yoga, a dança, o relaxamento entre outros, é fundamental para o equilíbrio do corpo e da mente. O mais difícil é tomar a decisão de começar. Mas depois de 21 dias de exercício, ou prática, o cérebro registra como um hábito e tudo fica mais fácil.

A música clássica, suave à luz da oração renova a alma.

6ª - Utilize seus talentos e dons

Você tem dons e talentos. Descubra quais são eles e comece a colocar em prática. A saúde física e emocional depende muito desses talentos. Pessoas que não utilizam essa energia criativa, bloqueiam o seu fluxo energético e adoecem física e emocionalmente. Canalize seus talentos com o propósito de melhorar a vida das pessoas. Este é um excelente caminho para encontrar prazer, equilíbrio e crescimento em sua vida.

7ª - Medite, concentre-se e ore

A meditação é a medicina do corpo e da mente mais poderosa do mundo. Além de terapêutica é a melhor ferramenta para o crescimento pessoal e espiritual. Preste muita atenção: aprendendo a meditar você descobre a diferença do que é ou não importante para sua vida, com isto se torna uma pessoa mais segura e objetiva. "Toda alma, no campo da meditação, é um canteiro de possibilidades infinitas à semeadura espiritual". Com a meditação você cura seu corpo, melhora a memória e concentração, desperta a intuição e a percepção. Você se torna uma pessoa mais disposta e produtiva, mais agradável e serena. A forma de meditar é muito particular de cada pessoa. Existem muitas técnicas e formas de realizá-la, busque e perceberá que a "meditação é convite de Deus, pela inspiração angélica, interfone para conversações sem palavras".

8ª – Aceite a vida e tenha coragem de mudar a si mesmo

Pare já de reclamar. Volte sua mente para o que a vida oferece de bom. Aceite viver nesse planeta azul, e curta a viagem da melhor maneira possível. Lembre-se que ela tem fim, então faça bom proveito. Ajude ao próximo, seja uma pessoa sincera, alegre e procure trabalhar com amor. Aceite sua casa e seus bens. Aceite as pessoas como elas são e, principalmente, se aceite como você é, seu corpo, sua personalidade, mas busque a melhora. Você é a certeza do que pode mudar para melhor e para o bem. Mas aceitar não significa se acomodar com os problemas e dificuldades da vida. Devemos buscar a força e a coragem para mudar o que podemos, e a aceitação para o que não se pode ser diferente, rogando a Deus a sabedoria para distinguir uma coisa da outra.

9ª – Desfrute da natureza

Coloque essa meta em sua vida: — estar em contato com a natureza. Pelo menos uma vez por semana caminhe em lugar aberto e com área verde: campos, jardins etc. A natureza tem o poder de purificar as células e asserenar a alma. O verde ativa o processo interior de autocura, tanto física como emocional. Pisar descalço na terra descarrega as energias negativas. E não se esqueça, você é parte da natureza e deve estar em harmonia com ela se quiser manter ou recuperar a qualidade de sua vida. Se possível visite praias, rios e lagos, eles neutralizam também as energias negativas e recarregam o campo eletromagnético do ser, com bom ânimo e saúde.

10ª - Converse com Deus

Uma das formas é através da ação no bem e da oração. A "prece é o orvalho divino que aplaca o calor excessivo das paixões. Filha primogênita da fé, ela nos encaminha para a senda que conduz a Deus". Aprendermos a manter a concentração "é primordial condição para que a prece alcance os seus objetivos", e que "consiste em fixarmos a atenção num objetivo situado em nosso íntimo. Lembremos daquele provérbio árabe: — Quando vires um homem idoso amável, moderado, calmo, contente e bem humorado, fica certo de que, em sua juventude, ele foi justo, generoso e perdoador. No seu fim, não lamenta o passado, nem teme o futuro: é como o entardecer de um belo dia.

Mensagem recebida pela internet, sem autor identificado, enviada pelo sociólogo Paulo R. Santos; com adaptações por RC, inicialmente publicada na Agenda Todo Dia, *Editora EME*

A força do amor

Preparavam-se os noivos para os esponsais, quando os pais da jovem descobriram que o pretendente à mão da filha era freqüentador assíduo de uma casa de jogos. Decidiram então opor-se tenazmente à realização do matrimônio, a pretexto de que o homem que se dá ao vício do jogo jamais pode ser bom marido. Mas, a jovem, obstinada em desconhecer as razões invocadas pelos pais, acabou por vencer-lhes a resistência e casou-se.

Nos primeiros dias de vida conjugal, o homem portou-se como um marido ideal. Aos poucos, porém, renascia-lhe, cada vez mais refreável, o desejo de voltar à mesa de jogo. Certa noite, incapaz de resistir à pressão do vício, retornou ao convívio de seus antigos companheiros.

No lar, a esposa, sentada a uma cadeira de

balanço aguardava o regresso do marido, que tardava. Embora ocupada com alguns trabalhos de bordado, tinha a mente presa aos ponteiros do relógio, cujas horas pareciam suceder-se cada vez mais lentas. Já era quase uma hora da madrugada, quando o marido abriu a porta da sala. Visivelmente irritado com o surpreender a companheira ainda em vigília, pois via nisso ostensiva censura à sua conduta, interrogou-a asperamente:

— Que fazes aí, a estas horas?

— Entretenho-me com este bordado — respondeu ela, imprimindo à voz um acento de ternura e bondade.

— Não vês que é tarde?

— Sinceramente, distraída como me achava, não havia atentado para o adiantado da hora...

E, sem dar maior importância à ocorrência, foi ela deitar-se.

No dia seguinte, à noite, repetiu-se a cena. O marido ausentou-se e a esposa, já ciente do que se passava, pôs-se de novo a esperá-lo. Quando ele chegou, já pelas duas da madrugada, encontrou a companheira de pé. Então, num assomo de cólera, bradou:

— Que é isto? Outra vez acordada?!

— Sim, não quis que fosses deitar-te, sem que antes fizesses um ligeiro repasto. Preparei-te um chá com torradas e aqui o tens, quentinho! Espero que o aprecies.

E, sem indagar do marido onde estivera e o que

Felizes para sempre　　　　*159*

fizera até aquelas horas, a boa esposa beijou-lhe carinhosamente a fronte e recolheu-se ao leito. Na terceira noite, nova ausência do marido e nova espera da esposa. Lá por volta de uma e meia da madrugada, entrou ele e, antes que se insurgisse contra a atitude da companheira, esta se lhe prendeu ao colo, num afetuoso abraço, e exclamou:

— Querido, D. Antonieta, nossa vizinha, ensinou-me a receita de um bolo delicioso e eu não queria que te deitasses, sem que antes provasses dele.

A ocorrência repetiu-se por várias vezes, com visíveis e crescentes preocupações para o marido. Na mesa de jogo, tinha o pensamento menos preso às cartas do que à esposa que o esperava pacientemente, como um anjo da paz. Começou, então, a experimentar uma sensação de vergonha, ao mesmo tempo que de indiferença e quase de repulsa por tudo quanto o rodeava, porque já era mais forte do que o vício o amor por aquela criatura que nele operava tão radical transformação. De olhar vago e distante, como se tivesse diante de si outro cenário, levantou-se abruptamente, cedendo a um impulso quase automático, e retirou-se, para nunca mais voltar...

Rubens C. Romanelli
— O Primado do Espírito — Editora Síntese

LIVROS DO AUTOR
PUBLICADOS PELA EME:

NAQUELA SEXTA-FEIRA: É um livro de estilo original, reunindo textos e versos sobre o dia consagrado pelos cristãos – a crucificação de Jesus. Não existe nada semelhante que já tenha sido publicado. O autor foi criativo, com bons textos e versos simples e populares.
Ilustrado por Rita Foelker

HISTÓRIAS DE MINHA INFÂNCIA: Dirigido essencialmente à família, traz aos filhos e pais magníficas lições. Ao folheá-lo, percebe-se que não é difícil superar desencontros e obstáculos, encontrar um ponto de equilíbrio para as controvérsias e, principalmente, viver bem. É uma excelente opção durante o culto do Evangelho no lar, em que a família, reunida em nome de Jesus, poderá colher preciosos ensinamentos e exemplos para uma conduta verdadeiramente cristã.
Ilustrado por Nori Figueiredo

VIDA A DOIS: O autor nos apresenta episódios embaraçosos na relação entre cônjuges, acentuados de forma divertida pelo ilustrador, destacando sempre que um casamento, para perdurar, precisa de ajustes simples e cuidados especiais. Leitura obrigatória para solteiros e altamente recomendável aos casados.
Ilustrado por Danilo Perillo

Não encontrando os livros da EME na livraria de sua preferência, solicite o endereço de nosso distribuidor mais próximo de você através do fone/fax ou e-mail abaixo: Fone: (19) 3491-7000 - E-mail: atendimento@editoraeme.com.br